藝石故事集

张伯荣 著

山東文藝出版社

图书在版编目（CIP）数据

艺石故事集 / 张伯荣著 . —济南：山东文艺出版社，2022.11

ISBN 978-7-5329-6722-3

Ⅰ . ①艺… Ⅱ . ①张… Ⅲ . ①故事—作品集—中国—当代 Ⅳ . ① I247.81

中国版本图书馆 CIP 数据核字（2022）第 161990 号

艺石故事集

YISHI GUSHIJI

张伯荣 著

主管单位 山东出版传媒股份有限公司
出版发行 山东文艺出版社
社　　址 山东省济南市英雄山路 189 号
邮　　编 250002
网　　址 www.sdwypress.com

读者服务 0531-82098776（总编室）
0531-82098775（市场营销部）
电子邮箱 sdwy@sdpress.com.cn

印　　刷 山东顺心文化发展有限公司
开　　本 710 毫米 ×1000 毫米 1/16
印　　张 10.5
字　　数 130 千
版　　次 2022 年 11 月第 1 版
印　　次 2022 年 11 月第 1 次印刷
书　　号 ISBN 978-7-5329-6722-3
定　　价 45.00 元

前　言

《艺石故事集》是作者撰写的微文的一部分，从已发表的微文中选取七十多篇小故事结集成书。

一、关于微文

为什么叫“微文”？一则因为它是在微信朋友圈里发的文章。从 2017 年起，我开始在朋友圈里发一些小文章，无非就是刷一个存在感，向大家道平安。二是因为文章简短，少则几百字，多则一两千字，只能算是一篇微小的文章。微文题材不限，家长里短，随想随写，就像是小品文，也类似于小段子。

但是我这微文有两点与平常不同。

一是手写手绘。每篇微文都是手写的文字稿。用手机拍个照片发出去，简单易行，省了很多事。对于本人来说是练习了硬笔书法，对于大家来说是看到了作者的手稿，有点近距离的感觉。而且又在一些文章中加入了插画和照片，文图搭配，看着不累，大家读起来不至于感到枯燥无味。

二是增加了互动环节。微文发出之后，立即能收到点评和补充的文字回馈，非常难得，非常宝贵。例如徐承瑶女士补充文字多处，使微文表意更加清晰充实；张尔平女士的诸多点评，使微文遣词更加精炼准确。大家的点评虽然只是一两句话，但异常精彩。正文与补充、点评构成了微文的整体。

我写微文得到了亲友们的支持。贺静女士说：“您在朋友圈发的微文我每篇都看，形式特别好。”吕玲玲女士说：“我喜欢这种隔空互动的方式。”侄女张城说：“您写的小品文很好，有意思，耐看。有感而发，能引起共鸣，创朋友圈文体之先河。”外孙女柯媛媛说：“小段子不好写，写紧了说不清，写长了太拖沓，反正我姥爷写得不错。”大家的鼓励是我数年来持续写作的动力。

写大部头的回忆很费力，而且也无此必要。但是写一些短小的片段比较容易，读起来也省劲，适合于现在的生活快节奏。将这些小故事串起来读，不也是一部简短的回忆录吗？坚持把微文坚持写下去，既可以锻炼头脑，又可以锻炼文笔，还可以启迪后来人。于人于己都是有益之事。

虽然是短短的千百字的微文，但写起来也不敢松懈怠慢。有的微文是先有了题目和梗概，然后内容不断丰满，思考成熟之后感到基本满意了才成稿。有的微文写成初稿，后来不满意就再写，甚至是几易其稿，直到满意为止。所以写微文与写大篇文章其用心用力都是一样的。

二、关于本书

我写的微文题材不限，内容宽泛，大体上可分为三大块：一是小故事，二是小思绪，三是小书法。如果把所有这些都放在一起成书，肯定是杂乱无章，不着边际。所以只能是分别结集，成熟一本出版一本。

自从 2017 年 9 月 29 日发出第一篇微文起，以后每个月发表两三篇，到 2021 年 12 月已经发出一百多篇。其中以小故事最多。

《艺石故事集》收集微文七十多篇，这些小故事分述三个历史阶段：

第一阶段是幼年及学生时代。这其中的故事大多是亲身经历的，或者是当时听到的，但都反映了当年的沧桑岁月、实际情况。

第二阶段是地震勘探时期。我从 1955 年到 1970 年从事地震勘探，先在酒泉盆地，后在鄂尔多斯盆地。在地震队的这十六年是我经历的最艰苦的岁月，越是艰苦的生活越值得回忆。当年经历的人和事至今历历在目，令人难以忘怀。所以这段时期的小故事占的比重最大。

第三阶段是离开地震队之后的事。时间跨度很长，从 1971 年至今。这期间经历了一次改行、两度跨界。1971 年从地震勘探改行为石油地质科技情报。地震勘探是笔者所学专业，而石油地质则是全新的领域，一切都需要从头做起。第一次跨界是 1979 年从地震勘探跨界到构造地质研究。第二次跨界是 2009 年从地质研究到书法研究。都说隔行如隔山，但值得庆幸的是我的改行和跨界都取得了成功。大家可能以为这期间的小故事一定不少，但本书中第三阶段的微文所占比重很小。第三阶段的微文少，但诗文多，大家可以参阅《艺石诗文集》（华龄出版社 2017 年出版）。

本书的小故事或许能反映一个时代的社会状况和精神面貌，但也不过是一孔之见、凡人小事。如果这些微文能使读者增长一些见识，或者产生一点联想，笔者就感到很满足了。

目录

我的简要经历

幼学时期

地震队时期

地震队之后

我的简要经历

○ 1936 年农历十月初五生于天津宝坻县大口屯镇东寨村。

·1942 年在东寨村上初小。

·1944 年在宝坻县白布市小学上初小。

·1946 年入天津市城隍庙小学上高小。

○ 1949 年入北京汇文中学上初中。

○ 1952 年入北京石油学校上中专。

·1954 年夏在玉门矿务局酒泉地质大队重力队及 204 地震队生产实习。

○ 1955 年毕业分配到玉门矿务局地质调查处 203 地震队。

·1955 年在酒泉西部盆地白杨河地区做地震勘探。

·1956 年在酒泉东部盆地下河清地区做地震勘探。

○ 1957 年随队调至西安地质调查处，进入鄂尔多斯盆地做地震勘探。

·1957 年在绥德、子洲地区做地震勘探。

·1958 年在灵武、盐池、定边地区做地震勘探。

·1959 年在盐池、定边、鄂托克旗地区做地震勘探，发表第一篇专业文章《在地震勘探资料解释中关于低速层校正问题》。

·1960—1962 年在灵武、盐池、定边地区做地震勘探。

·1963—1964 年在内蒙古河套地区做地震勘探，冬季施工。

·1965—1967 年在宁夏六盘山盆地同心、海原地区做地震勘探。

·1968—1970 年在宁夏银川、灵武、盐池地区做地震勘探。

○ 1971 年调长庆石油会战第三分指挥部研究所，从地震勘探转为石油科技情报工作，主要是收集、编译国外油气田勘探开发新技术、新成果、新进展。居宁夏盐池县大水坑。

○ 1980 年调长庆勘探开发研究院，继续担负石油科技情报工作，编印《石油参考资料》双月刊，兼档案管理和长庆石油学会科普工作，并开始构造地质研究。居甘肃庆阳。

·1982 年发表第一篇地质论文《略论马家滩褶皱断裂带的扭动特征》。

·1984 年出版《冲断推覆构造》（本人为编译者之一）。

·1986 年发表地质论文《扭裂型地堑与伴生的冲断带》，发表第一篇科普文章《大陆上三种过渡型构造带》。

·1987 年发表地质论文《扭压型冲断及扭裂型冲断的构造特征》，发表档案管理文章《关于建立个人技术档案的设想》。

·1988 年出版《低渗透油气藏》（本人为编译者之一）。

·1990 年出版《鄂尔多斯盆地西缘掩冲带构造与油气》（本人为编著者之一）。

·1991 年筹办举行"长庆杯"石油知识竞赛。

○ 1992 年借调到中国石油天然气总公司新技术推广中心，工作包括推广项目的选定、实施管理、人员培训、资金补助等。居北京安贞里。

·1993 年出版《低渗透油气藏勘探开发技术》（本人为编者之一）。

·1995 年经办北京艺石苑公司。

·1996 年在长庆石油勘探局办理退休。

·1998 年随长庆石油勘探局机关从甘肃庆阳搬迁到陕西西安，落户西安市未央区兴隆园。

○ 2000 年在北京通州购房，北京、西安两地居住。此后专事写作，包括参加大型工具书的编写及撰写科普专栏文章。相继开展科技文化研究与书法技法的系列研究。

·2002—2004 年在《石油知识》连续发表“科学·艺术·哲学”专栏文章。

·2005 年出版第一部专著《漫谈科学与艺术》。

·2006—2008 年参与《中国油气田开发志》编写工作。

·2008—2009 年参加《中国矿业史》编写。

·2009 年开始中国书法技法的系列研究。

·2010 年出版第一本书法专著《中国书法笔力分析》。

·2013 年出版《中国书法笔力详解》，北京书法家协会举办第一次“张伯荣书法专著研讨会”。

·2014 年出版《中国书法笔法探讨》。

·2015 年北京书法家协会举办第二次“张伯荣书法专著研讨会”。

·2016 年出版《中国书法用锋汲要》。

·2017 年从通州搬回西安定居。

○ 2017 年出版《艺石诗文集》、《大楷瘦金体技法》、《纪念石宝珩》（本人为编者之一）。开始撰写微文，在微信朋友圈发布。

·2018 年出版《瘦金体技法分析》。

·2019 年出版《中国书法技法读本》，北京书法家协会举办第三次“张伯荣书法专著研讨会”。

藝石故事集

幼 学 时 期

老家的宅院

手绘之图是解放前老家的宅院，是祖父母早年建造起来的，在宝坻县大口屯镇东寨村小台。在农业经济社会里，这个布局可以说是功能齐全的农家小院，家境也算得上是富裕中农了。

内院有正房五间，厢房五间。正房面朝南，东屋与西屋对称，屋内一半的空间是炕。正房门口左右各有一个锅灶台，既为平日做饭用，也为冬天烧炕取暖用，可见灶王爷的重要性，是“一家之主”。

西厢房的结构与正房差不多。东厢是柴草房，放置玉米秸、高粱秆等。烧火做饭时就从里面抱一捆柴火。

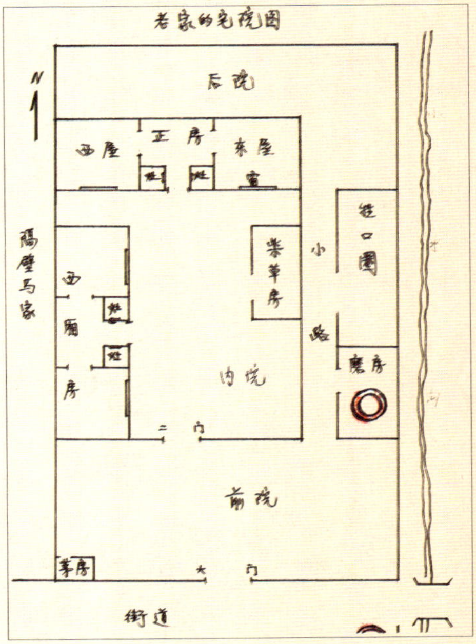

前院比较大，麦收时可以打场。后院比较小，可以晒粮。过道东边有磨房、牲口圈、车库（放木轮车）。北方人以面食为主，所以磨房使用的时间多。碾米很少，大门外街头有个碾子，这一条街上的各住户共用。

茅房在前院的西南角，用柴秸秆扎成篱笆遮挡，全家共用。茅房里的人透过柴秸秆的缝隙能看到外面。当发现有人来上茅房时就在里边弄个响声，外边的人就自动向后转了。后来我才知道茅房放在这个位置还真有讲究，按照八卦风水理论，茅房就应放在这里，再高大上的宅院也是如此设计。

（此文发表于 2018 年 7 月 30 日）

祖母会治眼病

我的祖母李树真（1874—1961），满族，清同治末年生，1961年仙逝，享年87岁，是十里八乡的高寿老人。

祖母是旗人（镶白旗），先祖随多尔衮入关，跑马圈地落户在宝坻县。后来家道渐落，嫁入汉人家。我的祖父张文会（1873—1945）是汉族，家境就是个富裕中农的水平。

祖母不识字，但见识不浅，能背诵整出的故事戏词。平日里吃斋信佛，积德行善，还会治眼病。有的妇女眼睛被一层黄斑蒙住，透不过一丝光亮，只见祖母拿一根麦芒，或者用绣花针给仔细地拨开。附近村庄的人闹眼病，都来求她医治。祖母会治病但不行医，上门求医的也只是妇女，她一概分文不取。

旧时妇女不能出头露面，家长不让她们读书，却教给她们一技之长。有这一技在身，终身受用。

后来知道伯英大哥的岳母也会治眼病，在天津还颇有名气，得受名医真传。我猜想，治眼病大概应属于中医的外科手术，无须吃药，只凭一根细针。可能由于男女授受不亲的缘故，男性医生对妇女的眼疾无能为力，只得培养一些女弟子救人。

（此文发表于2018年6月30日）

一根黄瓜要了命

我的祖父张文会，出生于清同治十二年，原籍刘庆庄（现属河北省香河县刘宋镇）。我祖母李树真是东寨村人（现属天津市宝坻区大口屯镇）。虽然两地相隔仅15公里，但在那时候也不是一时半会能走到的。

祖父是地道的农民，属富裕中农。除了会种地外，还有一项技能——搭席棚。昔时农家遇红白喜事，都要在院内搭席棚接待客人。“红事”指子孙结婚，“白事”指父母归天，这两件事是一家中的头等大事。遇到这种事儿，凡是沾亲带故者，都应当通知到。怎么通知？就是派人去各位亲戚家下帖子，告知办事日期。亲戚们都要登门随礼，近处的亲戚可能举家前往，远处的亲戚可能派出代表，反正不能失礼。农家小屋容纳不下许多人吃喝，就需要在自家院中搭棚接待。

搭棚所需要的材料很简单：木杆、苇席、麻绳等一些物件。不能用铁钉，只能用麻绳扎绑。物件虽然简单，但要搭得结实稳固，遮风挡雨，还要高大宽敞，能容纳十几桌，中间又没有柱子支撑，这还真是个技术活。每逢附近村庄有人家办事，就来找祖父，约定日期。届时祖父带上几个帮手，扛着木杆、苇席去至该村。先搭后拆，物件反复使用。每次出去总需几天时间才能回来。

祖父后来年纪大了，就不再干活了，居家养老。一日感到口渴，于菜园中摘了一根黄瓜，就地吃了。那时农村并没有先洗后吃的卫生习惯，谁知习以为常的吃法，这次却惹下了大祸，吃下黄瓜后引发痢疾，腹泻不止。估计是该黄瓜被蝇虫污染了。当时正是1945年日本投降前夕，物资极度匮乏，农村更是缺医少药。老年人的抵抗力本就很脆弱，不到三五天，竟然不治而终。

（此文发表于 2019 年 11 月 30 日）

我家最早的照片

这是我家最早的两张照片，摄于1944年春。当时我父亲在县城西门里经营广兴布店，我家从东寨村搬到宝坻居住。宝坻县（现天津市宝坻区）西街算是商业集中区，有几个较大的店铺。街道很窄，市政建设一概没有。运输工具是马车，照明是煤油灯。唯一的新奇之物是汽灯，它以煤油做燃料，汽灯的底座是盛煤油的油壶。点灯时往灯壶里打气加压，利用喷出的煤油把灯点亮。灯头是个大

弟弟、母亲和我，1944年摄于宝坻

弟弟、母亲、姐姐和父亲，1944年摄于宝坻

拇指大小的丝织网兜，估计是用石棉一类的材质织成的，套在灯口上。煤油喷到丝织物上，然后点燃，靠燃烧这丝织物发光，很亮堂。用汽灯时要不时地打气加压，否则就灭了。灭了以后丝织物变成灰，所以每次点灯需要用一个新的丝织物。

1944年正处于日本侵占华北时期，宝坻县也是沦陷区，市井萧条。虽然有一些店铺，但没有照相馆。这两张照片是布店同仁王先生给照的。他有文化，会摄影，自拍自洗。照片不大，长8厘米，宽6厘米，有0.5毫米厚，保存至今已有74年，仍然清晰不褪色，可见当时的胶卷材质还是相当不错的。

（此文发表于2018年8月30日）

点评

张尔平：很珍贵的照片啊！汽灯我见过，但一直不知道其原理。您这一写，我就明白了。

施丽琴：沦陷区有这样的摄影师留下这么珍贵的照片，实属不易。

张城：这些照片太珍贵了。第一次看到爷爷年轻时的照片，气宇轩昂。

宋代小茶壶

宝坻县是清代京东八县之一。据说清代有位皇帝到过这里，所以叫“宝坻”。宝坻县有一定的历史积淀，古玩不少。新中国成立前，家父在宝坻县西门里路北经营广兴布店，我家迁到城里。

我父亲张瑞峰（1909—1979），字雪农，年轻时在布店当学徒，后来自己开店。家父喜好古董文玩，经常光顾宝坻的古玩店。1944 年的一天，他高高兴兴地从古玩店买来一宋代的瓷茶壶。茶壶小巧玲珑，造型别致，是个圆球状，直径 15 厘米左右，底部削平成小小的底座，上部削平成壶盖。壶嘴细而短，大约有一寸长。古瓷通体菊黄色，壶体缀满小花瓣。宋瓷名贵，实属难得。父亲那天非常高兴，把壶摆在桌案上，端详了好一会儿才转身去了布店。

当时我母亲正抱着我弟，他刚一岁，探身要到桌上去玩儿。等到把他放在桌上后，小孩子胳膊一挥，刚好把小壶碰翻，壶嘴从根部摔断，吓得我母亲不知如何是好。

待到父亲回来后，听我母亲述说，看到心爱的古董摔坏，一声未吭把壶扔掉了，而且日后他再也未提起过这件事。

（此文发表于 2019 年 1 月 10 日）

小毛驴丢了

我小的时候随母亲住在乡下。我父亲在蓟县邦均镇做买卖，家中由母亲操持。我母亲王稳庄（1908—1992）是宝坻县大口屯镇人。

以前在农村，毛驴是家中的重要财产之一。养毛驴不是养宠物，它要劳动。除了秋收大忙时节，平常还要靠它磨面、拉车。磨面时用布遮住它的眼睛，以防它偷吃磨盘上的粮食，人用声音命令它行动或停止。它若是偷懒而放慢步伐或止步不前，就在它屁股上敲一棍子。它心里清楚为什么挨这一棍，自然步子会加快许多。我们随母亲回娘家靠它拉车。驴车走得很慢，但很稳当。它能自己顺路前行，无须人驾驭。

一天，拴在磨坊的毛驴挣脱缰绳，跑路走了。母亲发现后立即追了出去。见一路人，慌忙打问见没见一毛驴，那人随手一指："往那儿跑了。"母亲沿方向一路追寻，一直追到一个村庄，庄上人都说没见有驴过来。遍寻不见，只得悻悻地原路返回。母亲是小脚，若在平时根本走不了这许多路。

待她返回家中，见驴已经自己回来了，正在吃槽里的草料。又听人说，小毛驴并没有跑多远。

（此文发表于 2018 年 11 月 10 日）

劫道者

这个故事发生的时间：20 世纪 40 年代初。地点：武清县（现天津市武清区）乡下。

话说民国三十多年，军阀混战，日寇入侵，盗贼猖獗，民不聊生。那一日，乡间大道上空空荡荡，只有一大汉端坐路旁，巍如铁塔，声若洪钟，身旁置一红布裹着的家伙。忽然，从远处有一人骑着“二等”（自行车）过来。只见大汉怒目横眉，右手拿起红布家伙，厉声喝道：“下来！再往前走就打死你！”来人看这阵势，再看看那手中的家伙，战战兢兢地停住了车。坐者又大吼一声：“车上的包袱卸下来！”来人知道已是孤立无援，只得哆哆嗦嗦地将后座上的布袋子放下。坐者把右手的红布家伙左右一摆，高声叫道：“快走开！”于是来人落荒而逃，虽然损失了财物，但总算保住了一条性命。

劫道者屡试不爽，但有一次忽然失手。原来此人是个不能走路的瘫子，只能靠屁股一挪一蹭地爬到大路旁，用一块红布裹着家中的破扫帚头儿，外表形似盒子枪，就是朱时茂、陈佩斯演小品《主角与配角》时腰间挎的那样的短枪。

（此文发表于 2017 年 11 月 19 日）

旧社会滋生的会道门

从清朝末期到解放前，国力衰微，社会动荡，盗匪横行，民不聊生。老百姓的生命与生活得不到保障，人们又没有自保的能力。在这种破败的情况下，会道门便有了滋生的环境，夹裹着人民，使社会变得更加不安定。

20世纪30年代冀东一带就是这样子。我小的时候乡村中常发生抢劫、绑票的事件。

我祖父张文会兄弟二人早年从香河县刘庆庄一同来到宝坻县东寨村，定居在小台。兄张文会居小台街东头，弟张文喜居小台街西头。弟弟家人丁较少又居偏隅，于是被土匪盯上了，主人张文喜被绑票。后来虽被赎回，但人经不起这么大的折磨，可叹英年早逝。

在那个动乱的年代，人们不得安宁。白天家门不敢进生人，晚上害怕院中的狗叫，在担惊受怕中度日。若是听到有小道消息："土匪要来啦！"一家人赶紧登梯翻墙，到隔壁家躲一夜。毕竟多人聚集在一起会安全一点。

也有的人家买来一杆火枪，以备不时之需。火枪是打猎用具，在枪膛里装上铁砂子，用火药做动力。扣动扳机，撞燃火药，把铁砂打出去。打出去的铁砂呈一片散弹，也能致对方受伤毙命。因此，一家之中男子非常重要，不但是主要劳动力，也可以抵挡外来入侵者。所以演化成重男轻女，其实与当时的社会环境有关。

但这种绵薄之力防范个体入侵者尚可以，若是对付成群结伙者则无能为力。正道不兴，黑道崛起，会道门正是在这种情况下滋生繁衍起来的，更有的盗匪摇身一变成了帮派组织者。他们打着治病救人的旗号迷惑了一大帮信徒，而后迅速发酵膨胀。虽然是一群乌合之众，但危害性绝对不小，像瘟疫一样可怕。

那时冀东一带就流行一些会道门，都是一些秘密组织，加入之人异常诡秘，上不告父母，下不告妻儿。入门之人虽没有特殊的穿戴做标记，南来北往之人素不相识，但彼此之间都能辨识，以免同类相残。例如进饭馆，坐在那里，面前摆放筷子的方式就是一个暗号，不是同道门的人根本不知情。

黑道的猖獗对人们的生产生活造成了极大的破坏。解放后人民政府大张旗鼓地摧毁了这些严重危害社会的毒瘤，取缔了反动会道门，“一贯道”就是那时蔓延很广的一个。

但凡是会道门，总要拉人入伙，以壮大自己的声势。有的人禁不住胁迫和利诱，加入了该组织。但是这些组织进来容易退出难，若真要退出不干了，会冒极大的风险，甚至有被铲锄的可能，原因是“他知道的太多了”。

有的年轻人涉世不深，很容易惹祸上身。临近解放前，庆阳有两个中学生轻率地参加了国民党的青年复兴社，谁知这复兴社竟是个特务组织。解放后查出了这二人的问题，一个被枪毙，一个在不断的政治运动中胆战心惊地度过一生。

各国政府绝对不能容许邪教和黑道组织的存在，但是社会的发展总会有不健康的地方，这些地方就有滋生黑恶的危险，所以扫黑除恶、打伞破网必不可少。生活在和平年代的人们也需要保持警惕，远离黄赌毒。古来的治家格言中，先贤们都训诫子孙要洁身自爱，择善处之，本分做人。

（此文发表于 2021 年 7 月 6 日）

补充

徐承瑶：看到作者这篇文章后，勾起了我对往事的回忆。解放前夕重庆的社会状况也是一样，民不聊生，各种帮派会道门层出不穷，相当混乱。百姓们在天未黑就关门闭户，经常发生土匪入室抢劫事件。记得邻村一户人家在夜里遭土匪抢劫，土匪毒打主人交出钱财，小孩看到父母遭毒打就说："我们都认识，你不要打我父母了。"土匪一听把孩子一刀就砍死了。我父母就再三告诫我们，如遇此情况土匪问你认识他吗，就是认识你也说不认识，否则会遭杀身之祸。

夜半镐声

我舅父王振起家在宝坻县大口屯镇，经营一个小商品店，卖日用百货。解放前的一天深夜，他在熟睡之中忽然被响声惊醒，听到断断续续的镐刨土的声音。他不敢怠慢，起来掌灯，蹑手蹑脚地从里面的门进入店内。店的外门早已关闭锁紧，安然无恙。响声确实从墙外传来，显然是要从外面打个洞进来偷东西。

舅父一个人，也不知外面有几个人，于是在店内故意弄出响声，表示店内有人而且在行动。这一招果然奏效，真的把外面的人给吓跑了。这一招在兵书中列为一计，叫“虚张声势”。但他一夜未敢睡觉，以防外面的人再返回来接着挖墙。

待到天亮出门查看，在墙外见到了已经挖了半截的盗洞。倘若缺失这点警惕性，损失就大了。

（此文发表于 2020 年 10 月 13 日）

马掌铺

小时候随母亲到舅舅家串亲戚。舅舅家的街对面是个马掌铺，专门给马钉掌的，就是在马的脚掌上钉上一圈铁掌。

马的脚掌是一层厚厚的角质，类似我们鞋的胶底。马是大块头，很重，奔跑起来四蹄承受的摩擦力很大，很快就会把那层角质磨光。所以需要在脚掌外再钉上一圈铁掌，这对于马掌是个保护。但铁掌在长期奔跑之后会越磨越薄，所以必须要换新的铁掌。

给马钉掌时要将马站立着捆绑在类似于足球场大门的架子上，以免钉掌时它会乱踢伤人。马的蹄子大小、宽窄各不相同，犹如人的脚也各不相同，需要现场打制铁掌，所以马掌铺都设有铁匠炉，现场打制。铁掌制成后用铁钉钉到马的脚掌上，需要掌握好深浅，钉掌也是个技术。每钉一钉它都很疼，都要挣扎一下。这马换了铁掌之后如同穿了一双新鞋，行走时不磨它自己的蹄子了。俗话说“铁蹄”就是这。在战场上，士兵除了死于刀箭之外，还有的丧于铁蹄之下。

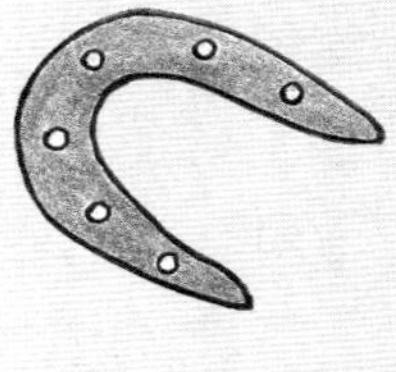

除了马，骡子也需要钉掌。但牛、羊没有钉掌一说，因为牛的蹄子结构与马不一样。

（此文发表于2018年9月20日）

袖内机关

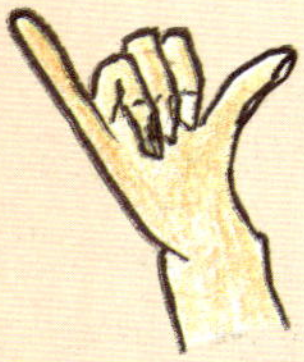

旧时乡镇每月都有几天集市贸易，例如逢三（每月初三、十三、二十三）、逢五等。宝坻县大口屯镇也有骡马集市，到日子卖牲畜的牵来牲口，买的人则从中挑选。

一旦有交易发生时，买卖双方并不直面讲价，而是需要经过一个中间人。中间人把右手缩进右袖之内，让卖者的右手伸进来，然后在袖中用捏手指来询问价钱。卖者伸出要价，中间人说你这价太高了，不值这么多钱。然后换成买者的右手伸进中间人的袖内，说愿意出多少钱。中间人说你给的钱太少，买不了。经过中间人与卖者、买者几次袖中谈价，最后大概就成交了。买者把钱交给中间人，中间人付钱给卖者。但买卖双方互不知情。成功交易后，还要给中间人一点报酬，给多少只有卖方与中间人知道。从前民间大宗贸易用的就是这样的交易方式。

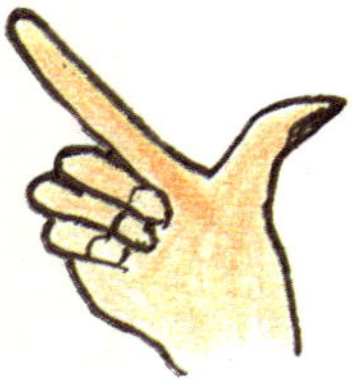

这是自古传下来的交易方式，据说《清明上河图》里边就有这种场景。现在时兴的拍卖会形式是后来由西方传来的舶来品。

（此文发表于 2019 年 10 月 10 日）

黎明前的黑暗

伯英大哥在他的《杂文五篇》书中说："在黎明前有短暂的黑暗。稍等一会儿天就大亮了。在小时候我察觉有这种天象。天快亮时，屋里的纸窗户显白色了。忽然又黑了下来，比深夜还黑，时间不长，一晃就大亮了。"

我小时候也在宝坻县老家度过，也有这样的记忆。所以说这不是偶然的天气异常。因为我后来在大西北生活几十年，从没有遇到过这种"先亮后黑，然后天大亮"的现象。这天象如何产生？我猜想可能与东部的大海有关，当然也不一定对。如图所示：

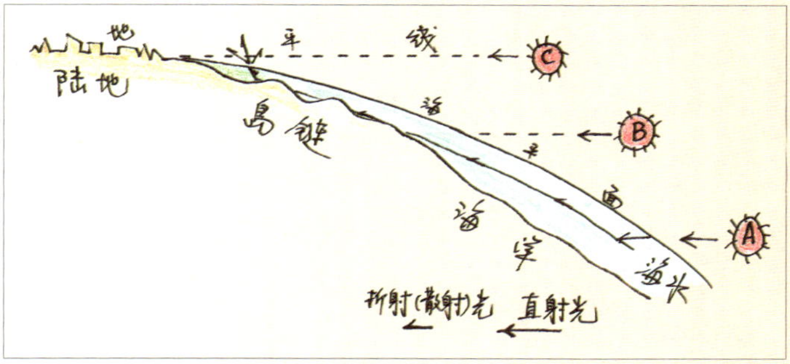

当太阳处于 A 点的时候，在宝坻县境的地平线以下，应是在海面上。太阳光入射到海水中，沿着海水中的浅层界面折射，折射光沿界面传播。人们看到的最初亮光应是这个折射光。但这是折射的光线，不是直射的太阳光，所以光度暗淡一些。

太阳处于 B 点的时候，仍然在地平面以下。由于岛屿或暗礁的存在，没有了折射的条件。在岸边没有折射光，所以陆地上一片黑暗。

太阳处于 C 点的时候，太阳升到地平线之上，有了直射光的照射，于是天大亮。

（此文发表于 2019 年 4 月 26 日）

从前的过年

我的老家宝坻县东寨村，虽然离京、津都不是很远，但 20 世纪 40 年代初仍然是一个萧条、贫穷的乡村。过年是一年中少有的欢乐时候。

大年三十除夕夜，每家大门口栽一木杆，把灯笼点亮吊上去照亮门庭。家家把柴火（苞谷秸秆）横铺在路上，从大门一直铺到屋门。为什么用柴火铺地？因为踩在脚下有响声，想必是取个热闹的氛围。这与放鞭炮是同一个道理，放鞭炮图个更大的响声。

从年三十的除夕夜到整个正月，是休闲放松的一段时间，人们互相走动串门。男人们聚在一起喝两盅，妇女们聚在一起玩纸牌。喝酒很简单，一盘小菜一壶酒。小酒壶用锡做成，因为锡的熔点低，易于打制。冬天很冷不能喝凉酒，温酒也很简便，把酒壶里一点酒倒进酒杯，点燃后给酒壶加温。一副纸牌 108 张，刚好对应水泊梁山一百单八将，玩法与麻将类似。

从正月初一到十五，基本不做饭，从缸里取出一些在锅里蒸热

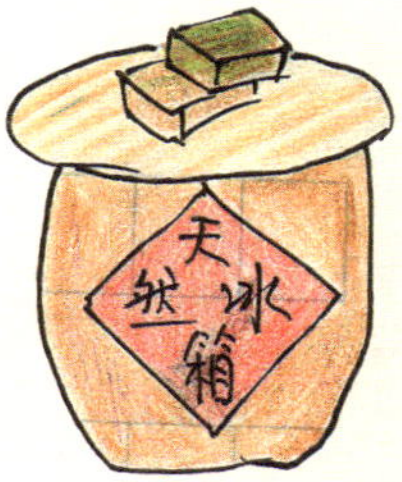

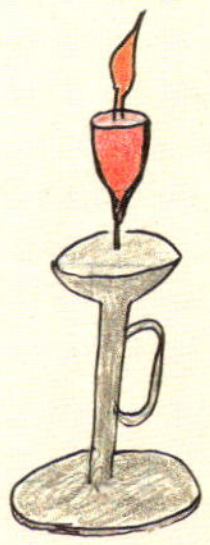

就是一顿饭。家家门外放一口大缸，年前做好的年糕、饽饽、豆馅馒头放在缸里冻上，这口大缸就是天然的冰箱。

（此文发表于 2018 年 2 月 9 日）

点评

张城：您还画上了图片，而且还涂了色，好玩。小时候我只见过 54 张一副的纸牌。

全文和：老北京也是这样过年。我小时候饿了就去屋外缸里拿个馒头吃，还带冰碴儿呢，好吃！现在的孩子享受不了了。

张尔平：先母说，老家大年初一要吃素馅饺子，鼓励节约。

艺石：吴老师说的还有另一层意思，就是大年初一吃素不杀生，从佛行善，一年有个好的开头。

张尔平：您还会画画。

艺石：助兴春节，涂抹而已。

记忆中的第一首诗

小时候在农村老家，几个小孩子听伯兴大哥讲《薛仁贵征东》的故事。那时候我只有四五岁。

贞观年间，东海那边出事，唐太宗率军御驾亲征。可当年打天下的那批瓦岗寨降将都已经老了，打不动了。唐太宗手下没有了能征惯战之人，非常苦恼。忽一夜梦中见一良将，问其姓名，只念了一首诗：

家住遥遥一点红，飘飘四下影无踪，
三岁孩童千两价，保主跨海去征东。

太宗不解其意，于是招来魏征解梦。魏征说："'遥遥一点红'应是山西龙门县。第二句是雪，此人姓薛。'三岁孩童千两价'意喻人贵，此人应叫薛人贵。"但那时信息极不发达，若在一县中找个人还是很困难的。谁知薛仁贵此时正在征东的大军中。有一次唐太宗在与敌人对阵中大败，幸得一员将赶来救驾，击溃敌军。太宗问此人名姓，道是薛仁贵。太宗大喜，竟是梦中之人，于是立马重用。薛仁贵最终取得了征东的胜利。

当时我很小，听故事有些并不理解。例如听到"把来人扣押起来"，我就不知道把人怎么样给扣了。难道是用盛水的大缸，缸口朝下把人给扣在缸里？但我对这首诗印象很深，牢牢地记住了，至今仍能一字不差地背下来。这是我接触的第一首诗。

（此文发表于 2019 年 10 月 20 日）

两个 100 分

1942 年我在宝坻县东寨村老家上小学一年级。期末考试考两门课——国语和算术，我都得了 100 分。这学期学得还不错，又是平生第一次考试，家中大人们很高兴，街坊四邻都传开了。

客观地说，乡村的教育水平还是很差，师资水平、学习气氛都比城市明显地差了一大截。乡村的学生不可能与城市的同日而语，在教育质量和个人学力上，也根本比不上城里。后来我到天津上小学，到北京上中学，基本上就是个中等水平，没有什么突出表现和良好成绩。况且我是个慢性子，应试能力并不高。报考中专时，发榜按考试成绩排名公布在一份北京大报上，我的名字在中间。

但是这两个 100 分是第一次考试所获，还是给我加分不少。一是家里的大人觉得我是个念书的材料，特别着意于我的学习，包括送我到天津上高小（那时小学一年级到四年级是初小，五六年级是高小），又送我到北京汇文上中学。二是自己对学习增加了不小的自信，感觉能学进东西。我后来的许多知识都是参加工作之后靠自学习得的。

（此文发表于 2019 年 9 月 20 日）

母亲途中获助

1946年，我父亲离开宝坻，去天津经营棉布店。我母亲和我姐（13岁）、我弟（3岁）留守在宝坻县东寨村老家。留在老家的三人都没有劳动力。住了一年多，生活日渐艰难，难以为继。到了1947年冬，母亲打听得行走路线，随身携带父亲在津地址的小纸条，决定带子女奔天津找我父亲。

母亲不识字，从未出过远门，又值寒冬腊月，做出这个决定还真得有些胆量。那时候交通蔽塞，全靠两条腿走路。母亲是小脚，弟弟年幼走不动尚需姐姐背着。30公里的路程竟用了两天才长途跋涉到了杨村。但是到了杨村火车站却被困住，没有买火车票的钱，无奈只得祈求别人救助。幸亏遇到一位好心的先生施助。母亲千谢万谢，并留心讨了人家一张名片。到津后，父亲备了一份厚礼，差伯兴大哥登门拜谢。

当时人们的生活都不富裕，大战在即，自顾尚且不暇，能救人于危难之中，功德昭彰。今忆及此事，仍铭记此公厚德。我虽然不知道这位好心人的名姓，但我衷心祝愿他的家人们新春快乐，阖府安康，天降吉祥！

（此文发表于2019年2月22日）

付小费

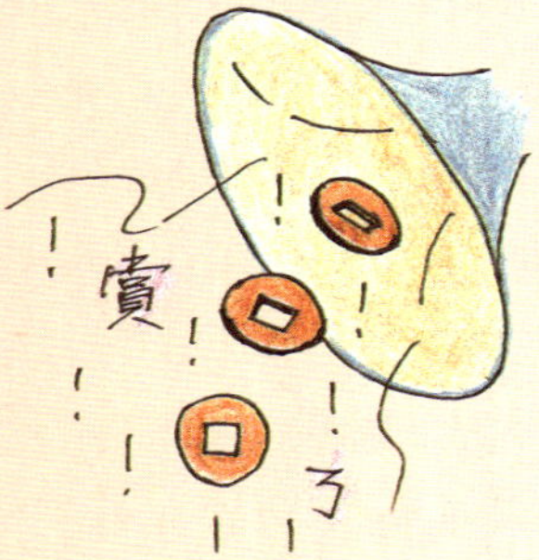

现在大家出国旅游，身上都要准备一些零钱，以便给服务人员小费。但若在国内旅游，就没有这种事萦绕。

其实解放前也有给小费的，那时我随父亲到天津念书，我们吃住在城隍庙前面的一个客栈内，偶尔也在外面吃。天津西北角有一个包子铺，二层小楼，生意不错。人们吃完饭结账，都是付整钱，若是剩余几角几分的，客人也就不要找零了，付小费。而且这小费给得还很有气势，店小二高声吆喝："王先生赏小费五毛。"其他服务员接着齐声高喊："谢您了！"俨然是一曲男声合唱（因为那时候没有女服务员），声音响彻整个厅堂。服务员喊得高兴，食客听得也高兴。他们这么一喊，客人就有个攀比的心理。若是剩余的零钱很少，就不够面子，还另外加上一元两元的。"李掌柜赏两块！"（延长两拍），"谢……"（延长四拍）。听起来很体面，这点小钱花得也开心。

（此文发表于 2018 年 4 月 20 日）

点评

张城：城隍庙在现今的哪里?

艺石：在西北角。西马路与北马路的交界处。西马路是原来天津城的西城墙，北马路是北城墙。城隍庙在城墙里边，现在可能不存在了。

全文和：是的，小时候店铺服务要给小费。

张尔平：老饭馆里的大声吆喝，让人受不了。

艺石：有人喜欢安静，有人喜欢乐呵。

说假话一例

解放前，家父在天津与同乡人合股开了一家福源号棉布庄，在天津西关街路南，批发兼零售。天津1947年的社会治安不好。一次伯兴大哥他们去纺织厂提货，提的布匹是雇人力车拉的，他们在后面跟着押车。行进途中，有人靠近来问：“前面那车跟你们一起的吗？”大哥望了望，前面也有个运布的人力车，但只一人押车。本来不认识，他灵机一动，点头称是。伯兴回来与我们讲述此事说：“那询问的人肯定不是好人，我若是说不认识，那车很可能遭遇不测。”

人需要诚实，也不可缺少机敏，保持一定的意识还是非常必要的。有的人热衷于当官，但缺乏公仆意识，结果当了个坏官。待到这位坏官倒台后，还得在所属官员中肃清流毒。不讲意识形态的人，难免出问题。

（此文发表于2017年10月19日）

点评

艺石：这说假话是不得已而为之，人应该诚信。

徐承瑶：张兄说得太对了，人确实要诚信，但有时候善意的谎言还是非常必要的。这样的谎言救人一命，是积德了。只要本质不坏，保持诚实的本性就对了。我特别相信善有善报，恶有恶报。

汇文中学宿舍楼失火

1949 年，我入北京汇文中学上初中。汇文中学在崇文门内船板胡同。靠近学校大门口有一座三层的学生宿舍楼，第三层靠校门的一半已经被火烧毁，只留下一副墙框依然挺立。从我入学到 1952 年初中毕业，这楼一直是这个模样。

失火发生在解放前夕，据说是由学生做饭用火不慎引起的。当时北平市消防部门的消防车接到报警后呼啸赶来，消防队员一边赶忙打开水龙带接水源，消防队长一边找校长紧急交涉。交涉的内容是讨要金条，即灭火的报酬。校长拿不出金条，交涉未果，一直等待着，直到把着火的第三层烧焦，这边才开始喷水灭火。所幸时值暑假，没有造成人员伤亡。这是看校门的老大爷亲口对我说的。

（此文发表于 2018 年 3 月 21 日）

在汇文中学上初中

今年（2021 年）是北京汇文中学 150 年校庆，侄女张城发来一则校庆宣传视频，令我不由得想起七十多年前的一些往事。

北京和平解放是在 1949 年 1 月底，我是 1949 年 8 月从天津到北京入汇文中学上初中。那时候人们还浸沉在刚刚获得解放的欢快欣喜当中，到处都是一派欣欣向荣的新气象。况且我又是初到北京，感到很高兴、很新鲜。

入学不久，我们就参加了 10 月 1 日的开国大典。那天，同学们列队进入到天安门广场。当时的天安门广场还比较小，东、西、南三面都没有现在这么大。我记得广场西面是一个四面钟的建筑，东面是一排平房的北京市公安局。那天汇文中学的方队被安排在天安门广场中间靠西的位置。礼炮响过之后，广播里就响起了毛主席的声音。

汇文中学位于崇文门内船板胡同东口，占地面积很大。进入校门后，左手边是一幢被烧掉半层的高中生宿舍楼。往北走是教学楼，再向北是篮球馆，最后是足球场。

足球场周围是周长 400 米的跑道，很宽敞。那年匈牙利足球队访华，中、匈两队曾在这里进行比赛。苏联英雄“无脚飞将军”曾在这里给各校学生做报告。他虽然外穿马靴，但两条小腿都是假肢，在“二战”中仍然驾机与德军作战，是“二战”中的英雄。他的事迹在中国曾广为流传。

汇文中学的设施条件算是很好的，还有一个其他学校少有的室内篮球馆。汇文的校队当时还是很强大的，经常与大学的校队比赛。

篮球馆内四边设有看台，都是木结构。我们年纪小，坐在看台上欣赏比赛。那时学校还邀请过马约翰教授来演讲。马教授当时年事已高，秃顶，但面色红润，声音洪亮，这是他坚持运动锻炼的结果。体育馆外摆放着一座日晷，石头雕成，是古人用来测时辰用的。后来我见北京的国子监院里也有这个，模样相同。日晷或者是学府的一种标识。

汇文中学很重视体育教育。刚入学不久，学校举办运动会，我参加了跳高比赛，成绩是第二名。但这个亚军含金量不高，我在最小的一个年龄组，而且报名参赛者只三人。

汇文中学原是1871年随教堂建立的一座启蒙学馆，教书育人，至今已有150年的历史。汇文中学虽然是教会学校，但具有反帝反封建的光荣传统。1948年北平市反内战大游行的队伍中，赫然出现了“汇文中学”的大幅旗帜。

1949年我入学汇文时是13岁。我们班中有兄弟俩，哥哥叫王玉琨，弟弟叫王玉璞。弟弟与我同岁，王玉琨大我一岁。我们三人都是住校，很合得来。1950年抗美援朝时，校园内集会声讨美帝的侵略行径，群情激昂，义愤填膺。同学们踊跃报名参军，王玉琨也报名了。但他才15岁，个子也小，开始人家不收。但他决心已定，誓要去朝鲜打美国鬼子！凭着他坚强的意志，终于投笔从戎，当上了志愿军。参军后他还送给我一张穿军装的照片，再后来彼此就没有了联系。

汇文中学的老校长是高凤山。我见过高校长，他定期在大操场上给同学们讲话。他也是北京文化界的知名人士。1952年夏，教学楼里几间教室辟为展室，展出高校长收藏的名贵字画。这可是我第一次参观的高等级的画展，一下子见到了这么多的名贵古画，件件都是国宝，其中就有唐伯虎的仕女图，至今印象犹深。

汇文中学原来是男校。1952年我初中毕业考入北京石油学校后，汇文中学更名为北京市第二十六中学，1989年恢复为汇文中学至今，现在男生女生都有。

汇文的全面教育

初中时期的作者

1949—1952年我在北京汇文中学上初中。汇文有一个很雄厚的师资队伍。教语文的老师京剧唱得好，语文组老师们能在校园搭台唱戏，满宫满调地唱一出大戏《打渔杀家》。体育老师是有名的篮球教练和裁判，当时北京重要的篮球比赛要请他主哨。音乐老师是周小燕的学生，照理说我可以成为周小燕的再传弟子了，只可惜我没有半点儿的音乐天赋，眼睁睁地错失了良机。

老实说，若想把他们的本领都学到也不可能，他们只是起个全面引领的作用。美术老师的油画很好，上美术课展示他在大西北写生的人物风景画。他教我们素描，在讲台上摆个墨水瓶或茶杯，让同学们看着画。坐在不同的角度，呈现的画面不一样。我现在能画几笔素描，得益于当年的画墨水瓶。教外语的老师也很棒，三年间我们先学的是英语，后来又改学俄语，反正哪门外语都没学进去，也就是念念ABC的水平。不过这点基础后来还是用上了。“文化大革命”时期我拿一本英语教科书自学起英语，以至于后来能上手翻译英文资料。

（此文发表于2018年5月10日）

点评

施丽琴：张老师融会贯通，英语都能自学成功，大赞！

艺石：承蒙圣歆点赞。我只是新诗作不好，可见新诗比英语难得多。

施丽琴：作好新诗需要漫长的过程，大家都在路上。

艺石：说得太好了！

第一次住院

1952年，16岁的我考入北京石油学校。那时刚刚建校，教室和宿舍不够，我们物探两个班的学生不得不到天津元纬路的工学院住宿上课。1952年冬天很冷，早晨起床后到二层阳台跑步锻炼。当时跑步的还有两个同学，他们在前面跑，我在后面跟。正在跑步当中，忽然我被绊倒，一根横在前面晾衣服的钢丝刮到我的上嘴唇，顿时仰面摔倒在地，不省人事。嘴唇被豁开一个大口子，流着血。待到我苏醒后，校医和同学们已经把我抬到了救护车上，送往工人医院。

在工人医院缝合后，住了一星期。医院特别小心，给我打了破伤风针，怕出意外。因为正值抗美援朝时期，美帝在我国东北投了细菌弹，人们对此警惕性很高。

后来校医见着我就说："好嘛！你一个人把我们这学期的一半医药费给花掉了。"校医人很好，是个全科大夫，治鸡眼更是一绝。那时我穿布鞋，右脚掌长了一个鸡眼，走路磨得很疼。他看了看，在鸡眼处抹了碘酒，然后用小刀沿着鸡眼的圆周铲了一圈，也不疼，齐齐地把整个鸡眼挖了出来，然后贴上一块药布。没有吃药，没有打针，一刀见效，而且以后从未再犯。

（此文发表于2019年12月20日）

石油学校的卫生教育

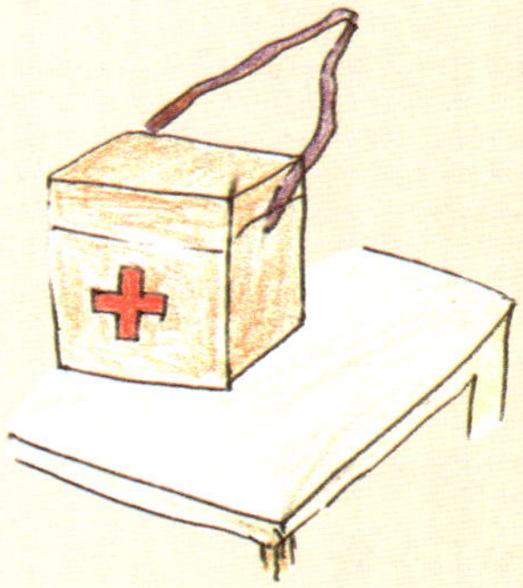

1952—1955 年我在北京石油学校上中专。中专没设卫生课。校卫生室很好，在课余时间随时随地聚住一圈人，给同学们讲卫生知识，从最起码的洗手、剪指甲宣传起。

1953 年冬天，北京闹流感，一夜之间病倒一大片。学校专开辟一间教室，收容流感的学生住院。这种流感来势凶猛，但一般病情较轻,躺两天、吃点药就痊愈了。我第一天还在看护别人，第二天一早就躺下起不来了，听由别人来护理我。很多同学都被流感袭倒，大多是学校的卫生室给救治的。

给学生普及卫生知识非常必要，特别是对于将来走出校门、只身在野外工作的勘探队员，应当更加具有卫生意识。野外的环境卫生条件很差，又远离城镇医疗机构，交通困难，只能靠自己救护自己。我现在的一些卫生习惯，多半来自当年学校的卫生普及教育。

（此文发表于 2018 年 12 月 20 日）

北海沉船

1954年，我还在北京石油学校上学时，一个星期天，风和日丽，班里同学相约一起去北海公园游玩。在紧张的学习中，有机会结伴出游，对于十六七岁的年轻人来说自然是格外高兴。在公园码头租了两条小船，我们这条船上满满坐了八个人。

难得出来放松一下，坐在船上，特别兴奋。小船没有舵，全靠一左一右两个人划桨以保持前进的速度和方向。有人争着划桨，于是需要调换座位。不料这一调动竟闯下大祸。小船在人员移动时打破了平衡，船体开始摇晃，三摇两摇船体失控，在众人惊呼之下顷刻侧翻。事故发生在瞬息之间，手足无措。我当时尚且清楚，脑子尚未进水，但也没有迸发出什么豪言壮语，只是闪现一个念想：听天由命吧！

八个人全被跌落水下，很快见底，慌忙爬起来。原来这水深只在腰部以下。转悲为喜，于是把扣着的船翻起，又喜笑颜开地重新上船，虽然每个人都是湿淋淋的。这事也属万幸，皆因我们是刚上船不久，未驶离浅水区，有惊无险一场。

（此文发表于2018年10月10日）

魏巍与我们这一届同学

魏巍与我们这一届同学有深厚的感情。北京石油学校成立于1952年，我们是1952年入学，1955年毕业，是第一届毕业生。毕业前，同学们开了一个座谈会，魏巍应邀到会并讲话。他勉励大家到祖国最需要的地方去，在艰苦的环境中报效祖国，锻炼自己。他说人生好比是赛跑，看谁跑得最快，跑得最远。他说幸福之花为勇士而开。他的讲话随后刊登在《中国青年》杂志。在他的鼓励下，同学们走向大西北，走向大西南，为发展祖国的石油事业建功立业。

1995年我们毕业40年纪念会在京举行，他又欣然到会。1955

1995年2月10日去魏巍家拜年合影

左起：单用寅、王培荫、李荣先、魏巍、田光道、张伯荣、刘际禹

年他把我们送上前线，而今又迎接我们从前线归来。在纪念会上，他又激情地讲话。讲话也在江汉石油学院《校友》上刊出。魏巍一直关心着我们这一届同学，许多人的名字他都叫得出。

多年以来，我们在京的同学每年春节都去魏巍家拜年。我1992年借调到中国石油天然气总公司，90年代有两次去拜年。魏家在西山的北京军区，住一栋小楼，独门独院，很雅静。那一年我去拜年，他关心地问我的近况，我说北京、西安两头跑，他说我是候鸟。

魏老为革命奋斗一生，著作丰硕，他写的《谁是最可爱的人》，家喻户晓。魏老的革命信念非常坚定，他认为帝国主义的本性不会改变。

（此文发表于2019年2月9日）

相关

魏巍（1920—2008），河南郑州人，当代诗人、作家、书法家。曾任原北京军区政治部文化部部长，原北京军区政治部顾问，《解放军文艺》《中流》杂志主编。第一届茅盾文学奖获得者。

西行路上

1954 年夏天，我们北京石油学校物探班同学去生产实习，我是去玉门油矿实习了两个月。那是我第一次出远门，放眼祖国大好河山，增长了许多见识。

那时的交通不方便，从北京到玉门分三段走：第一站到西安，第二站到兰州，第三站到达目的地酒泉。

第一段坐火车去西安。那时车速很慢，坐了两天一夜的火车。第一次在火车上过夜，虽然是硬座车厢，年轻人怎么都能够睡着。第二天早晨醒来，列车正驶过洛阳车站。洛阳是历史名城，印象中这里经历的战争很多，人们颠沛流离。如今是一派宁静和谐景象，能清楚地看到村庄外早起耕田的农民。白衫、短裤、着笠、赤足，在田里躬身耕作。俗话说，老百姓盼的就是安居乐业。

第一站到了西安地质调查处。调查处位于马厂子冰窖巷，地处西安最繁华的东大街，所以我对西安的印象还是不错的。但当时绝没有想到日后竟定居在这里，真是世事难料。1998 年长庆油田总部由庆阳迁到西安，于是定居在西安，至今已二十多年。

从西安到兰州的火车开得更慢，走走停停。经过一夜，第二天凌晨火车在天水附近临时停车，乘客可以下车活动活动。铁路旁边就是汹涌翻滚的黄河水。这里的黄河很窄很急，像是一匹脱缰的骏马奔驰而过，惊心动魄。

第二站到了兰州。我住在玉门油矿兰州办事处。当时兰州虽贵为西北重镇，但基础设施基本不行。办事处的院子里摆放着几口大缸，一个毛驴车拉回从黄河边取的黄河水，然后倒进大缸内加矾沉淀。黄河水很混，基本是泥汤，不沉淀根本不能喝，所以每家每户都得用大缸沉淀水。经过一天的沉淀，然后把澄清的水舀到另一个缸里，再把沉淀的泥挖出缸，以便再次倒入泥浆水。

从兰州到酒泉没有铁路，我们一行分乘两辆卡车继续向西行。卡车上有帆布棚可遮风挡雨。我们把随带的铺盖卷放在车上，就是十几个人的座席，一路颠簸前进。当时都很年轻，倒也觉得新鲜。

离开兰州再向西行。开始经过之处还是郁郁葱葱，逐渐地越走越荒凉，直至渺无人烟。从陇中进入西域，必须翻越乌鞘岭。乌鞘岭很高，汽车开得很慢，与人走路的速度差不多。连续爬坡时更感马力不足，有时还需要乘客下来推车前行。

第三段路程走了三天。第一天夜宿武威，第二天宿张掖，第三天到达酒泉。路途中人烟稀少，只是隔几十公里能看见一个养路的道班房。一路上晓行夜宿，中午只能是赶到预定地点才有饭吃。到饭馆也不是你想吃什么点什么，而是饭馆有什么你就吃什么。河西走廊虽然荒凉，却是古丝绸之路的必经之地，历史悠久。武威是古凉州，张掖是古甘州，酒泉是古肃州。“凉州词”“八声甘州”这些唐宋诗词都是取名于这些地方。甘肃省也是取自“甘州”与“肃州”这两个地名。

历时一个多星期，行程二千多公里，到达目的地酒泉。玉门油矿地质调查处就设在酒泉。酒泉的城楼别具特色，尖屋顶和翘起的房檐，不是常见的那种大屋顶的结构。我在这里领略到了异域的风情。

（此文发表于 2020 年 6 月 14 日）

点评

张尔平：您当年记日记吧，怎么写得这么详细？太好了。当年的老师同学都有谁？您还是写本书吧。

艺石：不是日记，只是回忆印象比较深的几个片段。写书很费劲，写一些小故事就容易些。

藝石故事集

地震队时期

288 地震队早期的历史

1965 年之前，石油工业部各地区石油局所属的地震队都是各局自行命名。1966 年石油工业部将全国石油系统的地震队统一排号，我们地震队命名为 288 地震队。“2”代表地震队，“88”是排名顺序。若是在后来的改革开放时期，这可是个大吉大利的数字。那时大家都盼望“8”，因为“8”与“发”谐音，“88”更具有双重大发的寓意。

1955 年我于北京石油学校毕业后，分配到玉门石油管理局 203 地震队，到 1971 年调往长庆石油会战三分部研究所，从事地震勘探的十六年间，我与这个队一起成长，这是一段值得记忆的历史。

一、288 队的前身——203 地震队

288 队的前身是玉门石油管理局地质调查处 203 地震队。该队建于 20 世纪 50 年代初，第一任队长是李全慎。李全慎后来当了石油物探局的领导。

1955 年，玉门石油局有六个地震队，201—206 队。204 队在玉门油矿以西的青草湾地区做地震勘探，其余的五个地震队部署在油矿以东、嘉峪关以西的戈壁滩上，一个东西宽、南北短的狭长地带。五个地震队从油矿东到大红圈一字排开，在三十多公里长的狭长地带内有五个地震队同时施工，也是一道壮丽的风景。我们 203 队位

于中间位置，帐篷搭在油矿至嘉峪关的公路旁，公路上的里程碑标明距油矿九公里。

1956 年 203 队在酒泉东部盆地进行地震勘查。这年冬天收工回到油矿，整理资料交出年终总结报告后，听说要调地震队支援别的油田，随后很快确定了外调的决定，其中 203 队调往西安地质调查处。

1957 年初，由任天任带队调往西安地质调查处，包括设备和技术骨干人员。到西安地质调查处后，203 队的番号未变，为西安地质调查处 203 队，队长任天任。任天任，重庆大学毕业，出身于书香世家。兄弟三人，老二叫任天佐，老三叫任天佑。三人的名字堪称经典绝配，至今犹记。起名的学问太大了，我所以不太愿意给人家取名字，皆因为没有那个水平。记得我四五岁的时候，快要上学了，该起个大名（就是学名）了。我父亲将本村一位识文断字的人请到家里，边喝着小酒边给我起名字。我大哥叫伯英，老二叫伯雄？雄与熊同音，不好。思来想去，那就叫伯荣吧，于是我的学名就固定下来。所以对待起名字这件事，大家还是比较慎重的。

203 队当年的任务是由陕北的绥德向西沿大理河做地震勘察，驻地在子洲县城。由于刚进入鄂尔多斯盆地，对盆地的地质条件和地震工作方法不熟悉，队长派我去到庆阳地区施工的 202 队去看资料取经，坐大卡车奔波数日赶到庆阳县。当时庆阳城墙和城门楼都还在。汽车进到城内，我向当地人打听 202 队的驻地，说已经去了西峰，于是又驱车赶到西峰。这是我第一次进庆阳和西峰。虽然是 1957 年了，但西北地区经济基础非常薄弱，名为县城和重镇，但还是很萧条。那时候交通路况不好，车速很慢。从子洲出发，经绥德、横山、靖边、定边、环县、庆阳到西峰，然后原路从西峰返回子洲，足足用了半个月的时间。

1958—1962 年，203 队在鄂尔多斯盆地西部灵盐定地区（宁夏的灵武、盐池和陕北的定边）做地震勘查，其中包括对盆地西缘最早发现的马家滩油田和李庄子油田的勘察。1963—1964 年，203 队转战至内蒙古河套地区（包头至呼和浩特沿线），冬季施工。1965

年在宁夏南部地区做地震勘查。

二、早期的288地震队

1966年203队改为288队，288队第一任干部有吕君义（指导员）和我（副队长）。到1966年，原来从玉门随队来的技术人员只有我一人留在队上。队长任天任调任地质科，后又调到西安仪器厂。其他技术人员也都先后离开了203队。

1966—1967年，288队在六盘山盆地海原地区做地震勘查，1968年转战到银川地区。1969—1970年又回到鄂尔多斯盆地西缘灵盐定地区做地震勘探。我于1971年离开地震队，调到长庆石油会战三分部研究所，在研究所科技情报室任职。调离288队后，288队的干部是张一清（指导员）和李振声（队长）。

我自从1955年参加工作在203队，到1971年离开288队，从事地震勘探十六年，见证了288队初期的成长历史，而这段历史现已少有人知。

附：早期该队干部状况（节录）

1955年，玉门石油管理局203队，队长李全慎。

……

1957年，西安地质调查处203队，队长任天任，指导员许你。

1958年，银川石油勘探局203、205联队，队长李国梁，副队长赵春明。

……

1965年，银川局203队，指导员王怀温，队长胡肇庆。

……

1969年，银川局288队，指导员吕君义，队长张伯荣。

1970年，长庆会战288队，指导员张一清，队长张伯荣。

1971年，长庆会战288队，指导员张一清，队长李振声。

……

（此文发表于2021年4月16日）

点评

徐承瑶：是的，这段历史知道的人不多了，应该写出来记录在我们国家石油勘探发展史中。我1964年毕业分配到银川石油勘探处，当时288队还未全国统一编号，为203地震队。1966年全国地震队统一编号，203地震队编为288队。我1967年调离288队到青海石油局293地震队。至今虽然已过去了五十多年，但我仍十分怀念在288队那段岁月及同事朋友。本文作者是我的校友师兄、同事领导，在那段时间里给予我业务、生活各方面帮助不小，始终铭记在心。今天看到他写的此文，倍感亲切。

张尔平：2017年我在书里（《少言笃行——我的父亲张传淦》一书，地质出版社出版）写到了西安地质调查处，要是那时有您的文章就好了，能充实一些内容。

酒泉度周末

1955 年 4 月，我从北京石油学校毕业来到大西北，分配到玉门矿务局 203 地震队。离开学校到了工作岗位，环境完全变了，感到很新鲜。刚参加工作时是实习员，当时的工资制度是实物工资，每个人的工资不是多少钱，而是多少分。分代表实物，例如一分等于多少斤小米。发工资是按照当地当月的小米价格折合发钱。由于物价变动，每月拿到手的钱不一样。这是新中国成立初期适应当时经济状况的工资方式。我大约拿了一年的实物工资，到 1956 年就实行固定工资了。实习转正后，我是一级助理技术员，不久工资改革我是三级技术员。甘肃是十一类地区，我那时的固定工资是每月 91 元。1957 年调到西安地质调查处，陕西是八类地区，每月工资是 83 元。这三级技术员一直当了二十多年，直到 1983 年转成工程师。

1955 年玉门油矿的几个地震队集中在嘉峪关以西的大红圈、白杨河、石油沟、老君庙一带做地震折射法勘探。玉门油矿的开发始于抗日战争时期，为抗战做出了重要贡献。玉门油矿又是新中国成立时的重要石油基地，石油工业从这里起步。石油地质工作者很早就在这里开展了地质调查，地质前辈们的调查成果是后来玉门油矿以及西安地质调查处开展地震工作的基础。

那一年我们采用地震折射法勘探，用土坑炮爆炸激发地震波，在戈壁滩上挖坑放炮。戈壁滩广泛分布于祁连山北麓，平坦而广袤，一眼望不到边。“戈壁”是蒙古语，意为“地面几乎被粗沙、砾石所覆盖，植物稀少的荒漠地带”，史书中称为“大漠”。

戈壁滩地层坚硬，汽车可以随处行驶，但挖坑却不容易。砾石层虽未固结，但压实得很紧，铁锨根本挖不动，只能用十字镐把砾石抠出来。放炮的土坑长 1 米、宽半米、深 2 米。若坑里遇见有大块漂砾抠不出来，又无法破碎，一镐下去只凿出一道白印，只能换个地方再重新挖。

砾石层对地震波能量的吸收很严重，不利于地震波的传播，所以激发用的炸药量很大。基本上是把整箱的 TNT 炸药放进坑内，然后再把挖出来的砂石回填入坑，压住炸药包，以保证爆炸时有足够向下传的能量。

但是回填的砂石根本压不住爆炸的能量。炸药爆炸后坑内的砂石被冲上天空，然后像雨点似的砸向地面。爆炸点操作员都要戴上钢盔，仰面朝天观察，若见有石头砸向自己要赶紧躲闪。那时爆炸班都是石油师集体转业来的战士，他们会躲闪，反应很敏捷。

即便如此，也有躲不过的时候。一次一块石头刚好落在运输车的驾驶室顶上，将挡风玻璃砸碎，司机的脸被划破。在地震队工作还是有潜在风险的。

203 地震队工区位于白杨河地区，驻地在玉门油矿至嘉峪关的公路边，离油矿九公里。当时地震队属于初创阶段，地震队的一些工作制度都是仿效苏联的模式，每星期天放假。苏联专家说，他们即使是在西伯利亚勘探，每周休假都有人乘飞机回莫斯科度假。我们休假则取近处到酒泉。每到星期六，收工比平时要提前一些，早点儿吃晚饭，然后开车去酒泉。驻地距酒泉约 70 公里，一路下坡，司机开得很快，为的是赶到酒泉不耽误晚场看秦腔。然后第二天到街上买些生活日用品，下午赶回驻地吃晚饭。苏联的一套模式很快就不适应我们国情，到 1956 年就基本不再执行每周度假了。

（此文发表于 2020 年 8 月 31 日）

1955 年冬摄于玉门油矿

补充

张尔平：对这一地区较为详细的地质调查开始于 1945 年。石油地质先驱孙健初先生带领杜博民、孟昭彝、田在艺、张传淦等人细测酒泉西部盆地文殊山、大红圈、青草湾、石油沟的地质构造。田在艺参加编写《大红圈地质报告》《青草湾地质报告》，张传淦编写《酒泉西部盆地区域地质调查实习报告》等。1947 年，田在艺带领张传淦、梁建式组成的陇东队对东至庆阳、西至隆德、南至宝鸡、北至吴忠的广大地区做地质调查。1948 年，田在艺、张传淦、梁建式著《甘肃东部及陕西陇县地质志》。

感念孟尔盛先生

1955 年我于北京石油学校毕业，分配到玉门矿务局地质调查处 203 地震队。那时地质调查处只有两位工程师，一位是地质师余伯良，一位是地球物理师孟尔盛。孟先生早年留学美国，学成后回国报效，是我国老一辈地球物理学家。

当时玉门有六个地震队。孟先生隔一两个月都要往各队检查指导工作，在队上住一两天。孟先生来队上看资料、听汇报，但他讲话不多，点到为止。孟先生是一位具有绅士风度的学者，他的睿智与沉稳一直是我学习的方向。

孟先生是石油地质界知名学者，学识渊博，很早就著有《石油地质学》。他对技术上的指导主要是由助手俞寿朋来进一步贯彻落实。俞是新中国成立初期培养出的物探人才，很早就有译书《对比折射法》问世。我们当时能读到的课本就是孟、俞二位的书。这两位的搭配不只是当时最强的结合，就是放在今天也是极其难得的强强组合。

我见到孟夫人当是在见到孟先生之前。1952 年我入学北京石油学校，孟夫人刘兰蕤在校财务室工作，是一位淑女。孟先生晚年在体检中查出肺部有问题，医生建议手术。先生则坦然面对，并打趣地说自己都这么大年纪了，不想再受那一刀之苦。现在校友徐承瑶女士与孟先生的二公子孟今在同一个单位，两家并能互相关照。忆往思今，更引起我对孟先生的感念之情。

（此文发表于 2019 年 8 月 20 日）

孟尔盛先生（照片由许慧女士提供）

补录

徐承瑶：孟尔盛先生是我们石油物探的老前辈。新中国成立后，我们地球物理勘探是空白，孟先生对我国石油物探乃至整个石油工业的发展功不可没。伯荣先生在多年后还深切地怀念他，可见当年孟先生对他的影响很深。

艺石：我刚毕业就能遇到一位学识渊博、作风严谨的师长，并以其为榜样激励我努力奋斗，感到非常幸运。

徐承瑶：您写文章纪念孟先生。老二孟今和儿媳许慧他们二位非常感谢您。

艺石：他们太客气了。孟先生是我的师长，是我尊敬的人。

徐承瑶：他们非常感谢您。这么多年了您还能想到他们的父亲，您真是一位有情有义的人，值得我们尊敬。

艺石：写一篇纪念孟先生，也是我的荣幸。

贺卓：跟着成功的人，能学到很多。

张尔平：我把您的微文转发给了孟先生的三儿子孟生。这位徐老师不是也参加了您的著作研讨会了吗？（指2019年在北京文联大楼举行的“张伯荣专著《中国书法技法读本》研讨会”）我姐姐给她赠了一本书（即张尔平著《少言笃行——我的父亲张传淦》）。

艺石：她说你的书写得好。

张尔平：你们都这么大年纪了，头脑还这么清楚，敬佩！

经历山丹地震

1956年的一天上午，我们正在分析资料。忽然座椅前仰后翻地摇动起来，就好似有人在椅背上前后推搡。随即有人意识到："地震了！"我们赶紧跑了出去。因为我们的办公室是座古庙，一个老建筑，经久失修，根本经不起摇晃，随时都有倒塌的危险。从摇晃的剧烈程度，当时感觉地震就发生在附近。第二天收音机里报道，山丹发生了地震。山丹离这里有二百多公里，就在东边。

那时我们地震队在甘肃酒泉东部盆地做地震勘探,驻地叫下河清。但这里根本没有河，吃水都很困难。村外有一个水坑，老百姓就饮用坑里的水，生活很困苦。这庙是唯一比较大的场所，所以我们用作临时驻地，吃住在此。

这庙是这村生产队集体活动的场所，一旦开会，就把农民召集到大院里。当时墙上还贴有一张光绪年间禁烟（鸦片）的告示，一尺见方，用毛笔写在宣纸上，字迹工整。这告示经历了百年风雨，且无人破坏，直到我们离开仍然牢固地贴在墙上。所以这庙少说已建成一百多年了，并且经受住了多次地震考验。

（此文发表于2020年7月10日）

张传淦、吴琦二位先生是我的老师

张尔平女士所著《少言笃行——我的父亲张传淦》一书，于2018年由地质出版社出版发行。这本书写得很好，用极朴实的语言展现了他父母极朴实又真切的人生。两位老人一生不事夸张、虚怀若谷、谦虚礼让、心静如水，诚然是老一辈贤者的风范。尔平此书虽使用平白的叙述，但写得深邃饱满，情感动人。

张尔平的父母张传淦、吴琦先生都是我的老师，而且我认识吴老师还在认识张地质师之前。1952年我入学北京石油学校，吴老师在学校图书馆工作。在校时我喜欢读小说之类的文学书，可以说这一生中读的中外小说名著基本上是在石油学校期间。而且我看得很快，经常去图书馆换书，所以对吴老师很熟悉。那时吴老师待人便很是和蔼，后来在银川石油勘探局，吴老师对我们全家又极为关照。

1957年我们203地震队从玉门调到西安地质调查处。张先生是地调处主任地质师，是我们业务上的引领者，可以说我们是在他的指导与培养下成长起来的。后来张地质师调到北京，还一直关心着我们的工作，为我们的事尽心费力。我的第一篇地质论文《略论马家滩断裂褶皱带的扭动特征》就是在先生的指导下完成的。

老师一门三姑娘，大姐尔宁、二姐尔平、三姐尔聪。尔平曾经与我在一个单位工作过，她从最基础的工作做起，努力奋斗，事业有成。尔平文笔流畅，又有写史的严谨态度，此书是充满智睿与温馨的佳作。

尔宁、尔聪姐妹写的序言也极精炼，是一篇很好的文章。张传淦先生确实是位忍让、豁达之人，宁肯自己受委屈也从不责怪于人。

张传淦先生（中）、汤锡元教授（左）、作者（右），1985 年摄于南京

在超低渗透油层的鄂尔多斯盆地掌管石油勘探工作，遇到的是世界级的难题。受当时工艺条件所限，找油进展缓慢，但总得有人来吃这第一口螃蟹，其中具有一定的悲情，但不是悲剧，更不能以功名论人。我 1989 年曾经写过一篇文章向公众介绍张老师，《心与西北油气永相连——记高级工程师张传淦》，刊登在《石油知识》1989 年第 2 期。

尔平在《少言笃行——我的父亲张传淦》中还写了关于我的一段文字。作为学生，能在记述老师的书中出现，倍感荣幸。我认为此书的重要意义，在于它记录下了那一历史阶段以张地质师为代表的鄂尔多斯石油工作者的真情实感，留下了大家的共同记忆。读此书使我更加怀念两位老师，有感于此，作小诗一首：

抚卷长叹岁匆匆，
事事关情字有声。
数十年来师恩重，
眼前历历旧音容。

（此文发表于 2019 年 5 月 30 日）

点评

张尔平：谢谢您的夸奖。您一直笔耕不辍，影响和带动我也不敢偷懒。书不写出来总觉得欠先父一笔账，现在轻松了。

艺石：书写得好，这是我的一点点读后感。

钻井组长的梦游

1957 年，我在 203 地震队。老张是我们队的钻井组长，比我大几岁，有技能，但也有严重的精神失调，常常梦游。一次梦中发大水，他居然爬上了帐篷中间支撑的木杆。木杆直径有 10 厘米，2 米多高。当他醒来时，发现自己正在木杆的半腰上。若在平时，很难有谁能沿着这么细的杆子往上爬。他对我说，晚上失眠睡不好，入睡后有时梦游，回来后自己全然不知。我猜想这起因可能是长期在外，家中之事令其不得释怀，但又无法解脱的缘故。他与我诉说这些事或许能减轻他一些焦虑。

我们的帐篷是帆布做成的，上面是个顶盖儿，四周用帆布围起。前围留一个门，两旁留有窗。中间用一根较长的木棍，四角用四根稍短的木棍支撑起顶盖。四角用麻绳拉紧，绳端拴在长约一尺的铁钉上，铁钉砸进土里。帐篷拆装非常容易。帐篷里三面各摆一张行军床，住三个人。靠门的地方支个火炉，冬天取暖。

（此文发表于 2020 年 9 月 8 日）

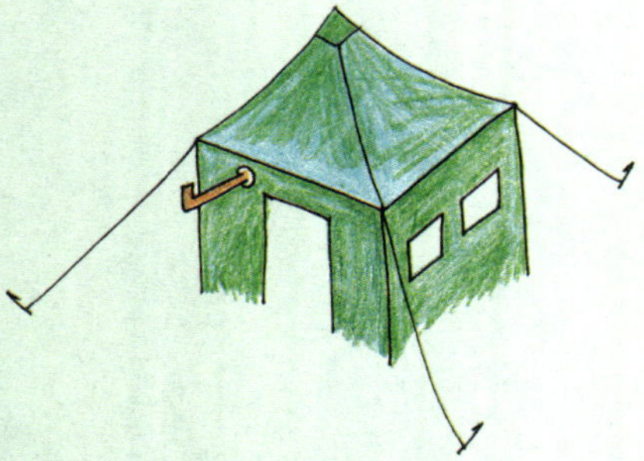

勘探队员的家当

勘探队员基本上没有什么家当。因为居无定所，经常搬家，只能是轻装简从。一人一个可折叠的帆布行军床，类似于救护车上的担架那样，但不是钢架子，而是木架子，支起来有长凳高。一个铺盖卷，被褥和换洗的衣服都在里面，衣服包又作枕头用。一个小木箱（空的炸药箱），所有零用之物尽收箱内，不允许有更多的零碎物件。一个网兜，兜住脸盆、牙缸、鞋等物。谁也不能有比这些更多的东西，否则会造成汽车超载。

棉袄是随身必备之物。西北地区早晚的温差很大，“早穿貂皮午穿纱，围着火炉吃西瓜”。棉袄可是长年都离不开身，早晚都要穿棉袄，特别是早晨坐在汽车上，风吹得很冷。但是到了中午又热得难受，烈日当头无处躲藏。汽车是唯一的遮阳之物，若是猫入汽车下面能避一会儿骄阳烈日。

除此之外，若是个人还有书籍之类或其他物品，不能带在身边，每年出工前把自己的多余东西收拾妥当，放在基地的集体库房里，只能到年底收工回来时再见了。集体库房由大队部派人兼管，谁若是施工中间有事回家，找保管人开仓可进入取物。但这种粗放式的管理有很大的漏洞，我冬季收工后取回自己的箱子，发现被人撬开过，丢了东西。中间经过了那么长的时间，谁给你负责？所以东西丢了自己负责，不用去问究竟，个人能想得通。那时候人都是国家的，更何况物，堪可称为一个无产者的胸怀。

（此文发表于 2020 年 9 月 20 日）

补充

徐承瑶：当时我们用的都是原来装炸药的木箱，不怕搬运磕碰。我家一直保留着一个用过的炸药箱，前两年孩子们说放在家里太难看又占地方，我很不情愿地丢弃了，现在十分后悔。

“鄂尔多斯”是什么意思

鄂尔多斯盆地是我国第二大盆地（第一是塔里木盆地），包括陕西北部、甘肃东部、内蒙古南部和宁夏大部。盆地四面环山，北为阴山，南为秦岭，西为贺兰山、六盘山，东为吕梁山。盆地北部为沙漠草原，南部为黄土塬。

鄂尔多斯盆地有着丰富的能源矿产，包括石油、天然气、煤。在盆地内开采油气的企业有中国石油长庆油田、陕西延长油矿、新星公司等。现在长庆油田的油气产量在全国各油田中是最高的，石油加天然气的年产量超过5000万吨。我从1957年起一直辗转于鄂尔多斯盆地。

“鄂尔多斯”是蒙古语，它代表什么意思？我曾请教过蒙古族同志。1958年冬，我们在内蒙古鄂托克前旗北大池地区做地震勘探，测区经过一个生产大队。蒙古族同胞好客，特别准备了酒菜，盛情邀请我们。席间我向当地有学问的一位蒙古族教师请教:“‘鄂尔多斯’是什么意思？”他回答说：“意即‘河南之地’。”我认可这一说法。如果站在放牧的阴山位置朝南望,这是被黄河在南面圈住的地方,说“鄂尔多斯”是“河南之地”很恰当。

后来我也知道有的人把“鄂尔多斯”解释成其他意思，但我认为那多是牵强附会之词，不足为据。

最近我在互联网上查到，秦代已经把这方热土称为“河南地”，与蒙古语的意思一致。那么，蒙古语在先还是汉语在先？是蒙古语译成汉语还是汉语译成蒙古语？抑或是两者都是原创？我不得而知。但鄂尔多斯的叫法沿用至今。

（此文发表于2020年10月22日）

挖老鼠仓

1960 年我们地震队在陕北安边地区勘探。三年困难时期，石油工人也吃不饱。于是我们利用工余时间，每人肩扛一把铁锹，去田地里挖老鼠仓。时值秋后初冬，田地里一片寂静，颗粒无存。

老鼠仓建在农田地里。通常地面有点凸出的地方，有可能就是仓的位置。至于老鼠自己还留有什么特别的暗记标识，人们不得而知。从凸起处向下挖，如果是鼠仓，就会出现一个约 2 厘米直径的孔道。沿着孔道追踪，能直达粮仓。

老鼠仓一般不太深，距离地面约 1 尺多。仓库是个长方形六面体空间，大小不等，小的如一个平放的餐盒，大的如鞋盒。仓的六面都很平整，特别是顶面也是一样整齐。小老鼠用爪牙能刨出这么整齐的墙面，还真不容易。俗话说“老鼠生儿会打洞”，果真不假。有的鼠仓是单间，有的是上下两层楼结构，下面的仓更大一些。

当农民忙于收割的时候，也是老鼠忙于建仓的时候。鼠仓里一般都堆有谷物，老鼠是把整个谷穗拖进仓内，不是零散的谷粒。大部分鼠仓是混装，品种有小米、黄米，也有的鼠仓只储存单一的品种。

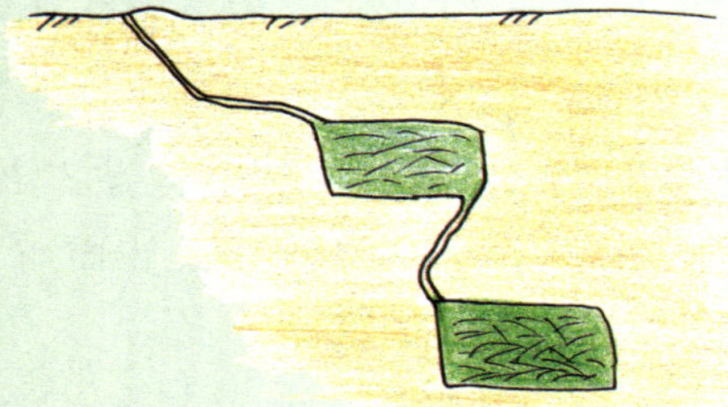

有些仓库被塞得满满当当，有些仓库未装满，只有个别仓库是空的。还有的仓里只剩下谷壳，那应是去年的仓库，粮食已经吃完了。鼠仓里面干燥干净，很少见仓内有老鼠屎，不像农民家中米柜内经常发现有老鼠屎。

拖进仓内的谷物都是经过选择的，个个颗粒饱满。会挖老鼠仓的人一次能有半面袋子的收获。回到住地经过脱粒碾成米，做成饭也是香喷喷，大家食不果腹的情况得到缓解。

我们挖老鼠仓的地方远离村庄，所以估计这不是家鼠的粮仓，而是田鼠的粮仓。至于田鼠的窝在何处？我们从未挖到过。安边有一种田鼠，与家鼠不同，叫黄鼠，体型短而胖，毛黄。黄鼠没有家鼠跑得快，农民捉来杀掉用油炸，表皮都沁出油来，很香，是一道美味，但我不敢吃。

（此文发表于 2020 年 9 月 30 日）

点评

张城：有意思，知道老鼠仓是啥样了。

艺石：不是那个年代，恐怕谁也不会知道老鼠仓是啥样子。

沙子搬家

1961年我们地震队在内蒙古城川地区做地震勘查。城川地处毛乌素沙漠南缘，是个半农半牧的农业生产大队。南与陕西的安边接壤，向南向东是陕北地区，向西是宁夏地区。

西北地区多大风，尤其是在每年的四五月份，风沙特别厉害。有时上午八九点钟起风，有时下午四五点钟起风。风很大，而且刮的时间很长。上午起风一刮就是一天，下午起风一刮就是一夜。

风沙来时，如黑云压城，如万骑来袭。大风夹裹着沙土遮天蔽日，远远望去就像是一堵城墙向我们靠近。及至风到之后，人就像是处于浓雾之中，伸手不见五指。大风夹着沙粒，吹得眼睛睁不开，吹在脸上生疼，吹得人站立不稳。野外施工时应抢在风沙到来之前赶紧收工回营，倘若迟了一步就会被卷进风暴中艰难前行。

大风一旦来临，即无时无刻地刮，不给人们任何喘息的时间。而且无孔不入，即使是紧闭门窗，只要有微小缝隙照进不误。更不要说那些单帐篷了，根本抵挡不住。

做饭时锅里会进沙子，吃饭时碗里会进沙子，大家只能就着沙子赶快把饭吃完，嘴里也不知吃进了多少沙粒，但能看到碗底留有一层沙子。人总得吃饭，所以也就顾不得许多了。

睡觉时沙子也不断地吹进屋内。待第二天早晨风平浪静后，被子上是一层沙土，人的脸上、头发上都是沙土，灰头灰脑的，两个鼻孔中灌满了沙粒，就是被子里也有沙子进入。好在沙粒来自沙漠，比较干净，抖一抖就去掉了，不留脏迹。

人们早起第一件事是清除沙土。一夜之间屋内沉积了一层厚厚的沙土，屋外则沙土堵门。所幸屋门向里开，若是设计成向外开，肯定被困在屋里。早晨首先要把帐篷内和门口的沙土端几簸箕倒在外面。大家把这叫“沙子搬家”。

现在城市里的人知道沙尘暴，但不知道这沙子搬家比沙尘暴厉害得多。人若不是身临其境，感受不到大自然的威力和带来的沧桑变化。昨天看到的农家墙院，一夜之间会在墙外堆起了半堵墙的沙堆，若不及时清除，几次大风过后沙土会将院墙吞没。鉴于此，有时候我也产生一点联想：人们在工作中若是也如风一样的坚韧不怠、一样的奋进向前，何愁事业无成！

大风沙气候造成的后果非常严重。沙堆淹没田地，包围村庄，最后把村庄变为沙洲中的一个孤岛，迫使你放弃立足之地，迁移别处。历史上榆林城三度南迁，就是沙漠南侵、沙进人退的结果。

最近我在电视节目中看到，国家下大力气治沙，现在已经有了显著的成效。

（此文发表于 2021 年 7 月 16 日）

补充

徐承瑶：我们搞石油勘探的人，这样的经历太多了。我多年在西北地区的宁夏、内蒙古、青海从事地震勘探，直到 1975 年调到江苏油田。当时地震队女同志很少，我一个人住一个小的单帐篷。风沙之大，有时可以把帐篷刮倒。早上醒来，被子上一层沙子。晚上睡觉都得用被子把头蒙住，否则沙子打在脸上，鼻孔还会吸进沙子。更为困难的是我在青海时正带着孩子在野外队，住单帐篷，睡行军床。那时的人们除了贡献还是贡献，没有怨言，没有叫苦。现在勘探队条件好多了，不会再受我们那时的苦了。

蒙古族的过年

1964年冬季，我们地震队在内蒙古伊克昭盟（今鄂尔多斯市）东胜地区施工。测线从一个蒙古包旁经过，毡房里的主人们看见我们走近，热情地迎接我们一行数人到他家中。帐篷内布置得华丽一新，炕桌上摆满了丰盛食品，原来今天是大年三十了。

坐定后，这家的儿媳双手捧着鼻烟壶，请我们每个人闻一闻，这是蒙古族同胞待客的隆重礼节。然后是上奶茶，奶茶是羊奶、茶叶与酥米煮成的。这一大杯奶茶喝下去，一天的营养差不多就够了。然后是喝酒吃饭，蒙古族同胞豪爽好酒，拿饭碗喝酒而不用小酒杯，图的就是个酣畅淋漓。皆因主人好客，才有了这次随蒙古族同胞过年的经历。虽然是无意间的巧遇，却也是人生中难逢之事。

蒙古包的顶篷和周围是用毛毡做的，保暖很好。顶部由辐射式木杆撑起，帐篷内中间没有支柱，因此里面显得宽敞。房内面积不大，靠门的半圆形是空地，可以摆放桌椅。靠里的半圆是暖炕，土炕晚上可睡，白天可坐。坐在炕上与坐在椅凳上的姿势不一样，炕上是盘腿而坐。在炕上摆个小炕桌吃饭喝茶，室内的空间得到了充分利用。

（此文发表于2018年2月20日）

海原地震

宁夏回族自治区的西（西吉县）、海（海原县）、固（固原县）地区是比较贫困的地区，位于宁夏的南部，西依六盘山。1966 年我们 288 地震队进入海原地区勘探。我们进行的是人工地震，利用爆炸产生的弹性波传到地下数公里的深处，然后接收反射回到地面的地震波。几十个部署在地面上的检波器将接收到的反射波信号传输到仪器车记录下来，据此探知地下不同地层的深度和起伏状态，为钻探石油提供地下详情。

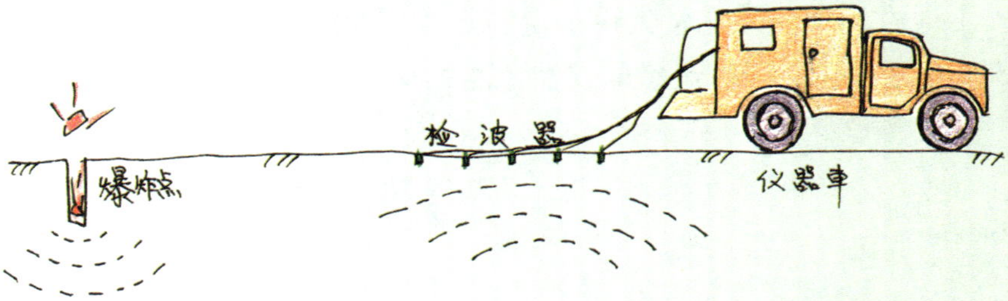

海原人民不知道我们这一套工作方法，但他们知道地震。那是因为发生在 1920 年的那次大地震给他们带来了极大伤害和恐惧，至今提起，上了年纪的人还心有余悸，面露惊怵。一位老乡（五十多岁）说，那天晚上刚吃过饭还未睡觉，随着一阵呼隆隆的响声后，开始地动山摇。他赶紧跑出门外，站立不稳，匍匐在地，像是趴在动物的背上俯仰颠簸，只吓得面色如土，魂飞胆颤。他所说的那次大地震我当时尚且不清楚，但我们所到之处还能看到地震留下的残垣断壁。

当时不理解拆房子为什么不拆除干净，还要留下半堵墙？之后才晓得是地震的遗存。

海原地区当时属甘肃省，海原大地震发生在1920年，又称甘肃大地震，是震惊中外的一次罕见的大震，震级8.5级，比后来的唐山大地震、汶川大地震震级更大，破坏更严重。据《地学杂志》报道，地震发生于1920年12月16日晚八时，“全省大震，有声如雷”。地震波及西北、华北大半个中国，远在数千里之外的北京都受到影响，东部沿海地区也有震感。甘肃省受灾最为严重。据谢家荣统计，地震造成的死亡总人数为23万4117人。其中受灾最严重的是震中地区海原县，死亡73604人。地震造成山崩地裂，房倒屋塌。“沙沟两山摇合，埋压两千余人。”“靖远县一村庄陷为河，可以行筏。”“海原全城房屋均被荡平，人民死伤十之八九。”“固原城楼倒塌，垛墙全无，衙署摇平，民居荡尽。”这些话都是当时报纸的记述。而且地震发生在晚上，老百姓为了节省灯油，一般很早入睡，能逃出屋门者很少。这是中国百年来发生的一次重大天灾。

地震造成的破坏也是缘于地震波，但天然地震波的能量比我们人工地震的地震波能量大得多得多。人工地震波的能量很小，小到人们不能察觉，只有灵敏的仪器才能感知。

（此文发表于2020年7月24日，今年是海原大地震100年）

校友徐承瑶女士

最近在微信圈里看到了江苏油田徐承瑶女士发的一张照片（见图片），由此引起我对往事的片段回忆。

承瑶女士与我都是北京石油学校毕业，我比她早了几年。我们都是学地球物理勘探，主攻地震勘探专业。毕业时她主动要求到最艰苦的地方，于是分配到我们地震队。所以我们既是校友，又是一起工作过的同事。

1964 年她刚到队时，我们在内蒙古河套地区进行冬季施工。1965 年转战到宁夏同心地区，1966—1967 年在六盘山盆地海原地区，都是条件很差的艰苦环境。据她回忆，这张照片是 1966 年在海原驻地，在每月一次的检修日所摄。

由于地质勘探工作艰辛，很少有女孩子报考勘探专业。她们要与男同志一样干很累的活，一个人担负一个岗位。风餐露宿，披星戴月，这对于一个刚出校门的女孩子来说是多么不容易。那时地震队女同志很少，只一二人。野外条件差，生活不方便，她需要克服的困难比男同志更多，对一个人的意志是个严峻的考验，也成就了她吃苦耐劳的优良品格。我感到这张照片是难得的女勘探队员的写照。

承瑶在校学的是四年制专业，比我们上学时多学了一年，所以就学业来说，她学得更深入、更全面。参加工作后主要是锻炼她的现场处置能力，例如带她一起去踏勘地形、布置测线，例如让她单独去处理技术问题。承瑶虚心好学，很快熟悉了地震队的日常工作，由她去现场质量把关、处理问题、组织生产，都能圆满完成。1966 年夏天，有一次在施工中突然天气大变，风雨交加。那天小队领导

女勘探队员徐承瑶，1966 年摄于宁夏海原 288 地震队

都不在现场，承瑶是技术负责，她果断地决定让人员和设备立即撤离河滩。待到转移到高处后，山洪随即呼啸而至，洪水过处，寸草不留，但全队安然无恙。她现场组织生产和解决技术问题的能力，给大家留下了深刻的印象。

我很高兴看到她这张照片，那时的神态仍历历在目。大漠风霜遮掩不住清新和聪颖，眉宇间透着一股坚韧与自信。她幼承家训，很有素养，性格爽朗，又很阳光。在我的心目中就是个刚长大的小姑娘，虽然她已是亭亭玉立的年华。

1967 年承瑶调离 288 地震队，那时正常的生产秩序已经被打乱。她什么时候离队？调往哪里？我作为这个队的技术负责人竟然一无所知，而这一别就是五十多年。

（此文发表于 2019 年 8 月 30 日）

补充

徐承瑶：我在朋友圈发了这张老照片，没想到引起了老同事们的关注。尤其是原技术队长张伯荣先生的回忆，代表了那个年代勘探人员的精神面貌：祖国的需要高于一切，不怕苦，不怕累。想想那时的日子真的很苦，当时我刚走出校门到了工作单位，住的是帆布缝制的单帐篷，不能御寒。每天施工，起早贪黑。我需要到每一个班组（不同的工种）同工人一道劳动，掌握每个工种的技术及生产流程。在爆炸班往井里下炸药，双手都是泥浆，严寒的冬天滴水成冰，我的十个手指头冻得裂开大口子，深得都能见到骨头，就是这样刺骨的疼痛也没有叫苦。现代的人不了解过去石油人的不易。

谢谢师兄张伯荣先生能在离别五十多年后还能记得我。当时我刚毕业到288队工作，伯荣先生是288队的技术队长，在技术专业上、指挥生产上给予我很大的帮助和指导。由于我1967年调到青海石油管理局，我们一别五十多年了。

补记

（承瑶女士将我这篇微文发到她的朋友圈后，收到很多点赞。）

丁爱萍致承瑶：阿姨，看到您这张照片，我都感动泪奔了！从师兄的文章里能看出您吃苦耐劳，特别是敬业爱岗的精神！您师兄五十多年没见到您，还能记得您当初青春的模样，可见您是多么优秀。阿姨，您工作那年我才两岁，我们能认识，真是缘分。好人一生平安，爱您阿姨！

张京：真没想到，妈妈还有这样的经历！

承瑶回复女儿张京：那一段经历使我一生感到骄傲和自豪。

海 2 测线

一、踏勘测线

1966 年，我们地震队的任务是在六盘山盆地海原地区做地震勘探，在沿海原境内的几条大河沟布置测线。首先布置的是海 2 测线，是位于中间的一条河沟，也是最长的一条河沟。从海原城东直到关桥公社，几十公里长。1966 年的工作主要是围绕海 2 测线开展的。

1966 年 2 月，全队人员和设备到达海原。驻地是城门旁边的一处古庙，地方也宽敞，还有一个大戏台。

地震队在各种野外勘探队中算是人数最多、设备最多的勘探队。

人员结构：

队部 3 人（指导员，正、副队长）

钻井组 20 人

仪器组 14 人（操作员 2 人，放线班 8 人，爆炸班 4 人）

解释组 4 人

测量组 3 人

司机组 6 人

后勤 8 人（警卫班 3 人，炊事班 2 人，管理员、医生、发电工各 1 人）

这是最低配置的人数。若加上实习、培训人员，多的时候可以达到六七十人，像是一个连队。

地震队的设备也多，大型装备有 6 部：仪器车 1 部，车装钻机 2 部，水罐车 1 部，运输车 2 部。这些设备全部开动，驶过村庄，穿过集市，也是浩浩荡荡。

宁夏的西（西吉）、海（海原）、固（固原）地区属于贫困地区，自然条件较差。虽然名字叫海原，实际上这里无海，只有原。黄土塬干旱少雨，地层疏松，地震波不得下传。所以我们只有在河沟里打井，在潜水面以下放炮，才能获得地层深处的反射波。海原地区分布着几条大的河沟，首先选离县城最近、也是最长的一条河沟布置测线，就是之前提到的海 2 测线。

现在江苏油田的徐承瑶女士是我的校友，1964 年毕业分配到我们地震队。1966 年是承瑶来地震队的第三个年头，当时她在解释组。此前她已熟悉了地震队各个环节的工作,但没有踏勘布置测线的实践。那天我叫上测量组、承瑶一起出去，踏勘海 2 测线。

海 2 测线这条沟很深很宽，有十多米深，四五十米宽。这条沟原先应该也是水量充沛、水大沟深，慢慢地水量逐渐变小，变成了如今的模样。现今河滩上碎石遍布，只河道中间有一股流水，不深不宽，垫上几块石头就能过河。

在河沟里布置测线，主要考虑少拐弯，尽量避开庄稼地，选择便于打井的开阔地带。承瑶和我在前面选线，测量组二人在后面用经纬仪定距离、定方位。经过一天的踏勘，基本选定了海 2 测线的走向，踏勘很顺利。承瑶好学上进，掌握技术很快，交给她的工作都做得很好。之后，由承瑶写出了海 2 测线的部署设计，一年的工作从此开始。

二、海原打擂

1966 年，我们 203 地震队改名为 288 地震队，202 地震队更名为 287 地震队。当时银川石油勘探处共有五个地震队，287 队和 288 队两个队在六盘山盆地勘探，属六盘山指挥部领导。更名不久，六盘山指挥部在海原县召开年初抓革命促生产誓师大会，所属钻井队、野外队齐聚一起比武打擂表决心。会上，陈道生代表 287 队，我代表 288 队分别上台打擂，宣示各自的全年奋斗目标和革命化措施。

因为平时各单位都分散在各地，很少能聚在一起，这次开会也是一次很难得的见面机会。

实际上，在野外的艰苦条件下，人们容易继承革命传统。那时候，地震队没有节假日，每月一天的检修能稍微轻松一下，完成检修后可以理发、洗洗衣服，其余的天数都是工作日。

每天早晨天不亮起床，接下来的时间是洗脸、吃早餐、出工，不能有稍微耽搁，不能让大家等你一人。那时承瑶每天早晨负责给大家读报，等到她读报结束，大家早饭也吃完了，她经常来不及吃早饭，买两个馒头就赶紧上车出工。

出工时每人带上馒头和一行军壶的水。中午吃饭自便，什么时候饿了吃口馒头喝口水,冬夏都是如此。夏天馒头干硬,但水只有一壶,自己计划着喝，再渴也只能泯两口，一下子喝个痛快不行。冬天馒头上了冻，实在饿了啃上两口，然后喝口冷水。这不就是革命化的体现吗？

野外队工作没有钟点，日出而作，日入而息。往往是傍晚收工，回到驻地天已大黑，吃完晚饭倒头入睡。地震队的岗位没有轻活，不抓紧时间休息，一天的劳累不得恢复，因此一觉就能睡到天亮。

三、小搬家

随着勘探工作向前推进，工地离海原城越来越远。为了节省上工途中花费的时间，驻地从海原县城搬到测线中部。说是小搬家，不是搬一部分家当到新驻地，而是指搬的距离不太远，二三十公里的样子。

新的驻地在河岸上，在一个村庄外的场地上搭起一圈的帐篷，汽车停放在帐篷围起的小院内。住在这里离施工现场很近，能节省很多的时间和燃油。

沟里的人民比县城附近的农民更困苦。虽然离县城只几十里路，但有人一辈子都未走出沟去县城看看，所以村民见到野外队的汽车都很新奇，而更令他们新奇的是野外队居然还有女子。妇女们三五成群地来到驻地，在帐篷外扒开一小缝，看承瑶伏案工作分析资料。更有胆大者竟走进帐篷，站在承瑶身后就近观察，小心翼翼地摸摸她的手。她们就是想弄明白，眼前这位女孩子到底与她们有什么不同。

为了获得高质量的地下资料，必须采取水下爆炸的方法激发地震波。在河沟打井的优点是就近取水，不用到很远的地方拉水配泥浆钻井。

钻井是通过钻头把地层破碎，向下钻孔，有点像拧螺丝钉的样子。钻头朝地下挺进，钻头后面连着钻杆。随着钻杆不断加长，钻头越钻越深。一根钻杆大约有 3 米长，是两端带有丝扣的中空钢管。接钻杆好比是吸烟时的“接单根”，烟未抽完在烟嘴处再接上一根，继续不停地抽啊抽。钻井时钻头不停地旋转切碎地层，同时泥浆通过中空的钻杆从地面流向钻头，然后从钻头流出，经井孔返回地面。泥浆的作用一是冷却钻头，因为钻头切割地层时产生高温，必须及时冷却；二是通过泥浆返回地面，把切削下来的岩屑带出井筒，就像是盾构机向前打隧道同时把岩屑向后送出隧道。钻杆的旋转带动钻头的旋转，所以钻井时钻杆和钻头都是不停旋转的，泥浆也不停地循环。车装钻机能打几十米深的井，井孔直径 5.6 英寸，约 15 厘米，钻机的最大额定深度能钻 100 米。1962 年我们在宁夏盐池县满圈塘做黄土攻关实验时，用车装钻机打了一口 110 米的深井，可以说是超水平的发挥了。

河沟钻井的缺点是容易坍塌。河床堆积的松散砂石层很容易造成井坍，因此，井打到预定深度后要及时把炸药包下到井底。为了避免炸药包漂浮上来，还要在炸药包下面加坠一个沙袋，沙袋连着炸药包一起沉到井底。然后将炸药包内的雷管引线埋在井口，待施工时接上爆炸机的电源，引爆井里的雷管和炸药，激发地震波。我们沿着河沟打井放炸药，有时隔一两天后才去施工放炮。海原人民知道我们的工作性质，都不去动那里的东西。无人值守，但很安全。

现如今的地震勘探技术已有了长足的进步。讲一段几十年前的工艺，大家只当听听故事就是了。

补充

徐承瑶：我们小搬家到了一个村庄旁边，当地老乡非常好奇。很多人因为贫困没走出过山沟，对外面的世界一无所知。我们勘探队的到来，打破了山村的平静，他们看我们的一切都感到很新奇。正如文中所说，对我更是好奇。当时对我的围观就像观看动物园里的珍禽异兽一样。我一个人住一顶小帐篷，四周站满了妇女，她们撩开窗户及门缝观看。我只好坐在行军床上，待她们陆续散去，深夜才入睡。当然，随着时间的推移，三五天后就平静了。现在回忆过去的工作生活，真是很有意义。

四、关桥公社

海 2 测线越向北地形条件越差，河沟更深更窄，河滩上堆满了漂砾。选一个打井的地方都非常困难，必须移至岸上打井。但我们还是坚持把测线向北延伸到关桥，这里是两河的交汇处。

位于河岸上的关桥是关桥公社机关所在地。那天我们施工到关桥，顺便去拜访公社领导，表达我们对当地政府的感谢。见到公社领导，我们做了简单的自我介绍。公社书记听说我们来海原找石油，非常高兴，非常热情，问寒问暖，并执意要我们留下吃一顿午饭。

公社书记是一位革命老干部，经过枪林弹雨的战争考验，是对革命有贡献的前辈，我们这些人都不能与之相比。但他待我们如同一家人一样亲切，使我们感受到地方干部对我们石油人的关怀与照顾。

后来再到关桥公社时，我们又去看望他，他与我们如亲人一样依依不舍。再后来，这位书记被拉到县城与海原县委书记一起游街批斗，受尽折磨，说他是修正主义路线的当权派。但他确实属于党的一位好干部，是对革命事业的有功之臣，能兢兢业业坚守在贫困山区，勤勤恳恳地尽职尽责，这本身就值得大家的尊重。

海原县当时虽属贫困地区，但我们所到之处都受到当地政府和老百姓的大力支援，给我们工作很大的方便和关照，使勘探能顺利向前推进。至今仍感念他们的帮助，也衷心祝愿勤劳善良的海原人民生活美满、幸福安康！

五、山洪暴发

海 2 测线上一向风平浪静的小河流水，也有风云突变、惊涛骇浪的那一刻。若是夏季遇到山洪暴发，则洪水充盈整个河床，水声拍岸，来势凶猛。当地老乡都有经验，若上游天空乌云滚滚，就是发洪水的先兆。山洪来时，响声震天。听到这声音，来不及过河的人赶紧往岸上跑，动作慢一点就可能被泥石流卷走。正在河道中间的人很可能难以逃脱。

有一天大家正在勘探作业，好好的天气忽然阴云密布，传来阵阵雷声。老乡说："快快回家。"那天我让承瑶去现场做技术负责，队部没有人在工地。经过两年多的实践，承瑶已具备组织生产的能力。各班组问怎么办，她果断地说："赶快撤离！"很快人员和车辆都撤到了河岸上，不一会儿洪水夹着石头呼啸而至。河滩里顿时泥沙翻滚，宽敞的河床立马被大水塞满，洪水涨到齐岸高。

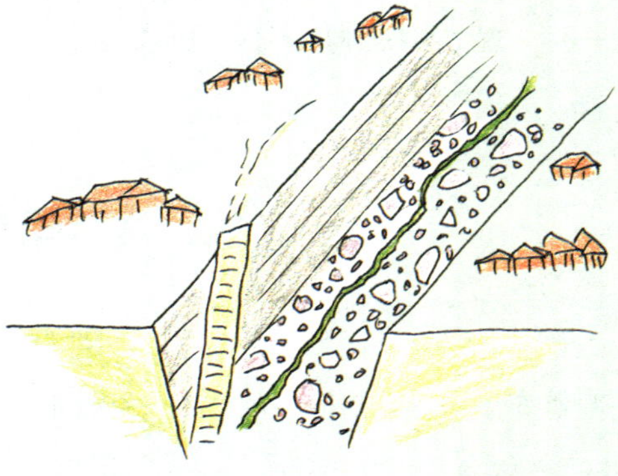

那天我未在现场，但驻地在河岸边，目睹了山洪暴发的那一刻。洪水响声震天动地，咆哮轰鸣而过。人们胆战心惊，互相高声喊叫根

本听不见。这是没到过山区的人难以想象的场景。我先前以为河道很宽大概是以前的河水多，现在才明白这都是山洪暴发切割河床的结果。

第二天天气放晴，我们再到达工地时，只见河滩上一片狼藉，全被泥沙遮盖。我们钉进地里的木桩全被冲走，铁板焊成的泥浆槽被冲向下游百米多远。我们扒开泥沙找出了电线，沿着电线找到了井口。所幸埋在井底的炸药包安然无恙，照样能通电爆炸。

补充

徐承瑶：那次山洪我是记忆犹新。那天队长派我去工地负责资料质量把关兼现场指挥。上午天气晴好，施工现场周围还聚集着一些农民观众。午饭后，围观的人群中突然有人喊山洪要来了，快回家。抬头一看，上游天空乌云密布，黑了半边天。那天队领导都不在现场，各个班组长都来问我怎么办，当时我没有任何犹豫，告诉各个班组立即往岸上撤，炸药雷管未下井的随人撤到岸上，钻井、放线班的人也如此，能搬动的随人撤到岸上，搬不动的原地不动，关键是人员要全部安全撤到岸上。待撤离完毕，天空电闪雷鸣，大雨倾盆而下，山洪也随即而至，眼看着我们打井用的泥浆池随着洪水翻滚冲向下游。好在我们全体人员安然无恙。这是我一生中最惊险的一次经历，也是很自豪的一次经历，在那样紧急的时刻我没有慌乱。五十多年过去了，现在回忆起来还历历在目。

六、冬季测井

沿河沟勘探，虽然工作条件困难，但获得的资料质量非常好。水下爆炸能获得清晰的反射波，河滩上检波器接收的信号没有低速层的影响，计算出来的地层速度精度很高，作出的剖面图也很准确。

这是我经历的最满意的一条测线。

海 2 测线勘探结果显示，六盘山盆地内地下的地层极其平坦，几乎没有任何的起伏，而且盆地形成的时期较晚，沉积地层较新。地层太新不利于生油，地层很平不利于储油，说明这里的生油储油条件并不好。但是为了对这个地区做出进一步找油的评价，六盘山指挥部还是在测线中部部署了一口千米深的探井，对地下地层取得了第一手的资料。

该探井于 1966 年冬钻至预定地层后完钻。海 2 测线中能有一口深井，对我们资料的可信度是个非常宝贵的验证机会。尽管当时已经收工冬训，又是严寒季节，但我们还是组织了一支小分队去至井场，把检波器下到深井中测量数据。

我们在井场借住在一农户家中，挤在这家的热炕上。主人非常热情，用储存在窖中的香水梨招待客人。香水梨个头不大，比拳头要小点儿。秋天从树上刚摘下来的梨并不好吃，梨肉很粗，渣滓多，还涩。通常是摘下来揽入窖中，到了冬天，梨冻成一冰疙瘩，拿回屋里让其慢慢融化。本来是黄皮的梨，经过上冻后变成黑色。黑色的表皮里面包的是一团水，不再有梨肉。吸吮梨水确实比吃梨更香、更甜，叫“香水梨”名不虚传。

整理测井资料后表明，我们根据反射波计算出来的地层深度与实际深度基本不差，非常吻合。这就确证我们先前的工作质量可靠。海 2 测线是我经历的地震成果中最值得夸耀的一个，是最经得起检验的一个。并且这次测井资料的质量也很高，我测过不少深井，这也是一次非常满意的深井测井。

（此文发表于 2020 年 8 月 8 日—24 日）

吃苦耐劳的承瑶

徐承瑶女士是我的校友，是事业心和责任心都很强的人。1967年她从银川石油勘探处288地震队调往青海石油勘探局293地震队，从鄂尔多斯盆地转战到柴达木盆地做地震勘探。

青海地区海拔3000米以上，高原缺氧，人烟稀少，物资匮乏，是生活条件极为困难的地区。即使男同志去那里工作都视为畏途，更何况一个女同志。

现在的人们对五六十年前的野外队毫不知情。勘探队在大漠洪荒之地勘探找油，驻地需要经常搬家，流动性非常大。为了便于轻装转移，住的是帆布缝制的单帐篷，只挡风遮雨，不避寒暑。睡的是帆布行军床，便于折叠携带。每人一套被褥和几件换洗的衣服，捆成一个行李卷，再就是一个脸盆和洗漱用具。由于运输能力的限制，大家只能轻装简从，不允许有更多的物品。一个帐篷里摆上三张行军床，已经是满满当当了。

野外队如此简陋的条件，只能勉强满足人们的最低生存需求。没有任何医疗保健条件，患病求医都要去基地解决。女同志怀孕了都要回老家去生产，小孩子也只能托付给内地的家人抚养。我在地震队劳作的那十多年，就是这个情况。即使是在那个人们特别经得起摔打的年代，我也从未听说过有谁在野外队能带着小婴儿。承瑶可以说是第一位带着小婴儿奋战在找油第一线的女同志，她的大女儿可能是唯一在野外队哺育成长的小乖乖。

那一年，承瑶回江苏常州生了大女儿。由于无法安置这小生命，她只得带着刚刚满月的女儿，乘火车、换汽车，长途跋涉回到青海地震队。她和女儿睡在只有60公分宽的行军床上。为了让女儿睡得好，她只好整宿侧身而卧。单帐篷四面透风，西北又常刮大风沙，她只得把一块塑料布罩在被上掩护小孩。第二天清晨起来，塑料布上面满满一层沙土。平时干活，她或者把小孩儿放在旁边，或者背在身后。一次她要去远处测井，只好把小孩子托付给同事照看一天，那真是难言的艰苦岁月！

小宝宝在阳光下茁壮成长。当她长到牙牙学语、蹒跚走路时，自己在门外扶着帐篷慢慢地挪动，然后重心不稳地从这个帐篷转移到另一个帐篷。这些帐篷就是她的玩具和童车，她走过了与常人家小孩不一样的童年。

再后来，承瑶调到研究队，条件稍微安定些。承瑶老母亲心疼女儿与外孙女，从重庆不远万里到柴达木盆地帮助照看小孩。母亲年迈，身体不好，不适应高原环境，病倒住院。承瑶想方设法为老人买了两瓶罐头。那年月小宝贝也是腹中空空，也想尝一口。刚会走路的女儿围着承瑶转，小手指着罐头说："妈妈，肉肉！"承瑶流着眼泪诉说着当时的情景。青海就是这么个条件，个人无能为力。

一个人的艰苦经历是一生中最宝贵的财富，能使她不忘初心，懂得珍惜。承瑶吃苦耐劳的品格已远远超越了任何学历和任何成果。

（此文发表于2020年2月28日）

补充

徐承瑶：谢谢师兄还能记住我，对我的过去给予肯定，我非常欣慰。没有我们那时的艰苦哪有今天的好日子，国家贫油的帽子是我们那一代石油人艰辛摘掉的。

丁爱萍：阿姨，看到您的事迹，我都流泪了。没有你们的辛苦，哪有我们现在的安逸！你们年轻时吃的苦，现在的年轻人无法想象，太不容易了！

在回族家做客

宁夏回族自治区于 1958 年成立时，我们地震队在宁夏的灵武县、盐池县一带勘探，大队部设在吴忠市。吴忠在黄河边上，“天下黄河富宁夏”，吴忠确是个富庶之地，这里黄河水流平稳，利于引水灌溉。

我们初到宁夏，街上多是男人们走动，女性很少。所见妇女都是黑纱罩头，只露出两只眼睛。那时与回族同胞很少交往。又过了几年，情况就不一样了，年轻的女孩子也不怕见到生人，我们地震队开始招进了回族女孩参加工作。她们能吃苦，不怕累，很快能适应野外队的艰苦生活。

一次我们回吴忠，汽车路过一女孩的家门口，她刚好回家看看，我们在路旁等候。不一会儿，她父亲过来盛情邀我们到家里坐坐。这是一个农家小院，回族同胞确实干净利落，院里、屋里十分整洁，不像我们在家把物品随手乱放。屋内中央摆一个八仙桌，主客坐定后，然后上茶。回族用盖碗喝茶，喝的时候不揭开碗盖，一手端碗，另一只手按住碗盖，慢慢地吮茶水。盖碗的碗盖比碗口的直径小，茶水从倾斜一侧的缝隙中流出，所以一口不能喝得太多。喝过几口后，主人然后掀起碗盖续水，再盖上喝。这是待客的礼仪，不能把碗盖揭开直接喝碗里的水。

（此文发表于 2020 年 1 月 20 日）

危房倒塌

野外队走到哪里都是因陋就简，吃住都很简单，只求避风遮雨、吃饱穿暖而已。但这样的生活条件也带来一定的风险，我亲眼看见过危房倒塌的事。

1968 年在陕北定边县城，地震队解释组当时借用一个废弃的房屋整理资料。那天午饭前我去过解释组，见房里墙壁有裂隙，感觉这房子实在是太老了。待到吃完午饭再回到这小院时，只见房子慢慢地倾斜，接着是轰然倒塌，其间只有几秒钟的时间。这是我亲眼看到的房屋倒塌的全过程。幸亏解释组的同志们发觉及时，人员全部撤离了这个危房。

大厦将倾，事前总有一些征兆，这符合事物发展的一般规律。房屋倒塌也有一个渐变的过程，开始出现裂隙，或许偶然发生一二响声；然后开始变形，慢慢地向一方倾斜，沿着结构最薄弱的地方发展；最后是急速地垮塌。从开始裂缝大约有几个小时的时间，慢慢变形又有几分钟的时间，及至倒塌就在几秒钟之内。这也是一个渐变到突变的过程。有警觉的人能够安全地撤离。但是若发生在夜里，人的安全就没有了保证，所以危房不能住人。

自然倒塌的房子不比地震。地震来得突然而剧烈，地震引起的房子倒塌只在几秒钟之间，人们难以脱逃。

（此文发表于 2021 年 5 月 24 日）

补充

徐承瑶：我们搞地质勘探的人居无定所，施工到什么地方就借住在什么地方。住老乡的牛棚马圈和废弃危房是家常便饭。冬天屋内滴水成冰，异常寒冷；夏天炎热难忍，蚊虫、苍蝇乱飞。就是那个年代的人也体会不到我们勘探工作者的艰辛。现在野外工作条件好多了，更人性化了。那个年代是只讲贡献。当时的口号是：一不怕苦，二不怕死，要油不要命。老一辈石油人为找油贡献了青春和一生。

张力岩：石油老一辈地质勘探人为祖国找石油所付出的是令现代人无法想象的艰辛。他们令我们佩服，人们不应当忘记他们！

吃错药与开错刀

288 地震队警卫班长王银林，1969 年是地震队的革命领导小组组长。人还是不错的，但身体渐渐不行了，哮喘得厉害，喘得上气不接下气，后来不得不回家养病。怎么患上这么严重的哮喘？他跟我说，有次感冒了内心有火，于是吃了一颗牛黄清心丸。谁知此药吃了下去惹下了大麻烦，气喘不已，四处求医，无论如何也治不好了。一个感冒风寒，再用大凉的药，就是雪上加霜。一个不慎，自己受罪不算，妻子儿女都跟着受累。本来年富力强正是养家糊口的时候，却要卧病在床。

吃错药的后果很严重，开错刀更是贻误终身。1975 年我们驻地医院为一位盲肠炎病人做阑尾切除手术。打过麻药之后，大夫切开腹部，岂料医术不精，肚子切开后找不到阑尾了，慌了手脚。仓忙之间，病人的输卵管被糊里糊涂地切掉了，造成她终身不孕。主刀之人就是个赤脚医生的水平，“掺沙子”进了医院的革命领导小组。这是原来我们地震队的队医跟我说的。

乱吃药与乱开刀等于是拿生命做实验，其结果不可逆转，非常危险。

（此文发表于 2019 年 11 月 10 日）

感受银川地震

1969 年我们驻地在宁夏吴忠市南九公里。那年夏季接连发生地震，震感较强，人们不敢待在屋里。地震摇晃的时间能持续十几分钟，但均未造成破坏。

吴忠地震时，银川也在震。吴忠与银川相隔五十多公里，处于同一个构造带——银川地堑。地震来自地堑内的断层活动。

从大地构造运动来说，由于印度洋板块向北冲撞欧亚板块，在中国西部造成了挤压隆起，如青藏高原、天山山脉、祁连山山脉；在中国东部造成了剪切构造带，如龙门山构造带、六盘山—贺兰山构造带。2008 年汶川大地震就是剪切带应力变化导致的地震。

那么为什么在剪切带会出现一个断陷地堑呢？我后来专门探讨过这个问题，认为银川地堑是由于扭裂形成的断陷（见《石油勘探与开发》1986 年第 2 期本人的文章）。

1988 年杨俊杰先生等我们一行数人还特地到灵武县大河子沟现场考察出露在沟口的新生代断层。在第三纪地层剖面上“数见断层百步内”。断层很多、很密集，但断距都不大。如果把这与地震活动联系起来看，就是地震很多、很频繁，但震级都不会太强。

事实上也正是如此，有史可查的地震记载，从 1311 年到 1948 年，宁夏银川—灵武一带有感地震一百三十多次，但没有发生过灾难性的破坏。例如 1627 年 2 月 16 日“七年，宁夏各卫营屯堡，自正月己巳至二月己亥，凡百余震，大如雷，小如鼓如风……”，例如 1739 年 2 月 13 日“宁夏自上年十一月二十四日地震而后，地气尚未宁静，每一昼夜间或三四次，或一二次不等”。

（此文发表于 2020 年 7 月 31 日）

友邻地震队 287 队

在长庆油田，与我们 288 地震队走得比较近的是 287 地震队。287 队前身是银川石油局 202 地震队。

1957 年，西安石油地质调查处有四个地震队：201 队和 204 队在鄂尔多斯盆地北部伊克昭盟地区做地震勘探，202 队和 203 队在盆地中西部做地震勘探。后来成立银川石油勘探局，201 队和 204 队归属内蒙古勘探大队，202 队和 203 队归属吴忠勘探大队。202 队和 203 队工作地区相近，冬季收工又能聚在一起，所以两队之间都比较熟悉。

1966 年，203 队改称 288 队，202 队改称 287 队。当年两个队同在六盘山盆地做地震勘探。288 队在东，287 队在西，相距不远。所以这两个队一直以来工作互有交流，人员互有来往，是两个友邻的地震队。

一、工作互有交流

1957 年，203 队从玉门石油局调到西安地质调查处，因为对鄂尔多斯盆地的地质条件不熟悉，当时队上派我去至西峰的 202 队施工现场看资料取经，从那时起开启了两队之间的工作交流。后来每年冬天收工回到基地，交流更加方便。

1958 年，我提出了低速层校正和假想地形法的作图方法，写了一篇文章《地震勘探资料解释中低速层校正的问题》寄到北京。该文于 1959 年在《石油勘探》第 13 期发表。1959 年冬季收工整理资料中，我们队已使用假想地形法作图。用假想地形法作图，比教科书讲的传统作图法省时省力。202 队出于慎重考虑，仍用传统方法作图。但他们还是用两种方法各作了一张图，对比之后并无差异。这事我本来不知道，是 202 队的同志后来跟我说的。我自己没做的验证，倒是由他们帮助完成了。

1965 年，我们 203 队在宁夏同心地区做地震勘探，工作方法一直没解决好，有人向我们建议用平面波前法。虽然当时有人提出了平面波前法，但对该方法缺乏清晰认知。所以有一段时间我专门研究了这个方法，推导出相关公式，得出几点认识。于是勘探局地质科组织有研究队和 202 队的同志到我们驻地黑城子来讨论。

参加讨论会的还有我们队解释组的几位同志。202 队的吕其鹏思路敏捷，在几天的讨论中，他用微积分方法也导出了平面波前法的公式，与我用代数方法导出的公式一样。他把推导步骤演示给我看，确实比我的推导简捷。吕其鹏业务能力很强，在地震勘探专业上颇有建树，20 世纪 90 年代我在北京六铺炕还曾见到过他。

二、人员互有来往

由于我们两个队同属于吴忠勘探大队领导，所以两队之间的人员交流比较方便。

1960—1961 年，202 队在陕西的安边地区和内蒙古的城川地区做地震勘探，这两年时间我曾在 202 队工作。1962 年 203 联队的任务是黄土地区地震工作方法攻关试验，我又回到了 203 队。

202 队的人也有到 203 队工作的。202 队指导员赵林枝的哥哥被安排在 203 队工作。他兄长很朴实、豁达，厨艺很好。这兄弟俩年龄相差比较大，性格相差也比较大，赵林枝不大爱说笑，他哥哥可是个爱说爱笑的人。

野外条件简陋，勘探队员生活艰苦。“是那山谷的风吹动了我们的红旗，是那狂暴的雨洗刷了我们的帐篷”，这两句歌词既是浪漫的抒怀，也是真实的写照。勘探队员拼命干革命，他们舍小家顾大家，长年累月地行走在风里雨里，披星戴月。如果夫妻两口子都是搞勘探的，那也只能是一队一个。例如吴、支二人，男方吴鉴顺分在 202 队，女方支瑞良分在我们 203 队。两队之间有亲人，这种情况不鲜见。地震队在每年春天出工之前，人员都有所变动，人员交流是常态。所以 202 队和 203 队是联系密切的两个队，不少人都在两个队工作过，彼此都很熟悉。

附 287 队早期干部概况（节录）

1957 年，西安地质调查处 202 队，队长：周济铮

……

1960 年，银川石油勘探局 202 队，队长：陈道生

……

1965 年，银川石油局 202 队，队长：陈道生，指导员：赵林枝

1966 年，银川石油局 287 队，队长：陈道生，指导员：薛吉友

1967 年，银川石油局 287 队，队长：刘振明，指导员：薛吉友

……

（此文发表于 2021 年 4 月 25 日）

回望 288 队

人到了老年，总想着年轻时的事。即使已经退休很多年了，还是抹不掉当年工作的场景。一个明显的例子就是在梦中屡屡又回到了勘探队。

我 1955 年北京石油学校毕业，分配到玉门石油管理局 203 地震队，后来随队调至西安地质调查处，直到 1971 年改行调到长庆油田三分部地质研究所科技情报所任职，从事野外地震勘探十六年。从 19 岁到 35 岁，正是青年时期，应当说是把美好的青春奉献给了石油勘探事业。所以日后对这一段的经历记忆犹新，也特别怀念这一段艰苦又难忘时期的人和事。

自从 1971 年调到地质研究所后，几十年来都没有机会回到 288 队看看。1992 年我调到中石油总公司新技术推广中心，有一次到中原石油勘探局调研，在濮阳有幸遇见原 288 队调到中原油田的张濯生、王金铣等几位同事，有了一次小聚的机会。2016 年我在互联网上找到了徐承瑶女士，她是一起在 288 队工作过的校友、师妹，1967 年调离后失去音信，2019 年在分别 53 年后我们又相见于北京。她也热切地希望再到当年奋斗过的地方走走，看看那些老同事。现在银西高铁已经建成通车，交通方便了许多，使回望有了更便捷的条件。因此时不我待，抓紧时间成行，了却夙愿，也是一件大事。

回望 288 队就是想看望当年在一起工作的队友同事，他们的身体和生活状况一直是心中牵挂的事。那时的人们凭着一个信念、一股干劲，完成了一个个找油的任务，换来了今天长庆油田成为年产六千万吨油气的大油田。那个年月、那个条件是对人的一种磨炼，也是一种宝贵的财富，对一个人的成长起着至关重要的作用。所以越是艰难困苦的往事，就越值得回忆。

回忆过往，使我们知晓创业之艰难。288 队从成立至今已有 67 年的历史，走过了一个非常值得怀念的历程，这是几代勘探人共同铸就的辉煌。忆往事，看今朝，这就使回望 288 队的活动更有意义。

（此文发表于 2021 年 6 月 26 日）

银西高铁

一、银西高铁承载着很多故事

连接银川与西安的银西高铁将于今年年底建成通车，值得称赞，值得庆贺。银西高铁是纵贯鄂尔多斯盆地西部的交通大动脉。此前盆地东部已有包头—榆林—延安—西安的铁路线，但不是高铁。银西高铁是盆地内部的第一条高铁，意义重大，也是我这两年一直关注的一件事。

银西高铁全长600余公里，跨越三个省区：北段是宁夏地区；中段是甘肃省陇东地区，进入甜水堡就是甘肃地界；南段是陕西地区，进入郴州就是陕西地界。

银西高铁的走向基本上是沿着原来的公路路线，这条路线可是一千多年来关中地区通往西夏的交通要道，是政治、军事、经济、民生的一条生命线。

1. 一条经济命脉

银西高铁是沿着银川—庆阳—西安的古道走向修建的。这条道路自古就是关中通往西夏的通道。北宋时期，宋与西夏的攻守往往都在这条线路上展开。现在沿环河川道仍能看到黄土塬上修筑的烽火台连绵不绝，这些遗存诉说着当年的临战状态。宋代之后，这条道路更是三个地区人民赖以生活和发展贸易的通道。

这条路线又是北方的池盐往南方输送的必经之地。宁夏盐池产的食盐运往内地，必走这条路。现今的庆阳市委市政府所在地西峰区，就是当年运盐的转运站。西峰区从前是庆阳县所属的一个集镇，解放前西峰的盐店数量占据了商铺数量的半壁江山，西峰也因此很快发展成陇东地区的经济、文化中心。

2. 众多的历史沉淀

银西高铁沿线贯穿着很多很重要的历史遗存。

银川，古代西夏国的国都兴庆府所在地。西夏于1038年建国，定都兴庆府。1958年宁夏回族自治区正式成立，银川市为自治区首府。

灵武，古称灵州，比银川的历史还要早。安史之乱时，唐明皇李隆基向四川逃难，太子李亨在灵武宣布继位，是为唐肃宗。长安城被安禄山攻陷后，诗人杜甫曾长途跋涉追寻肃宗至灵武。

庆阳是中华民族早期农耕文明的发祥地之一。现在庆阳市庆城县的东山上还保存有周祖陵。

乾县因有唐高宗、武则天的合葬墓——乾陵而闻名。乾陵建在乾县境内的梁山上，陵园规模宏大，建筑雄伟富丽。乾陵是唐十八陵中主墓保存最完好的一个，也是唐陵中唯一一座没有被盗的陵墓。乾陵旁边有个永泰公主墓，具有一定的规模，目前已经开放供游人参观。

咸阳和西安更是大家熟知的历史名城，咸阳是秦朝的都城，西安是十三朝古都。

3. 长庆油田的重要产油区

从20世纪70年代起，长庆油田步入了快速发展期，在鄂尔多斯盆地西部发现了一系列重要油田，银西高铁沿线的油田有：

宁夏盐池地区的大水坑——红井子油田。这是鄂尔多斯盆地西部较早发现和开采的油田，是长庆油田在宁夏地区的主要油田。

甘肃庆阳的马岭油田。马岭油田位于环县与庆阳之间，是二十世纪七八十年代长庆油田的主力油田。

甘肃庆阳的西峰油田。位于西峰附近的西峰油田是继马岭油田之后，在这个地区发现的又一个大型油田，是长庆油田现今的主力油田。

正是由于沿线贯穿了许多油田，银西高铁的开通将极大地改善油田职工的出行条件和办事效率。

现在，银西高铁沿线已建成多个油田职工的生活基地，包括银川、庆阳、咸阳、西安等地。石油人将更多地受益于高铁的开通。当年曾在这里奋斗过的同志，后转战别处，现退休在外地，他们更期待便捷的高铁，郝钧女士、徐承瑶女士等都翘首以盼，并且相邀通车后再去年轻时奋战过的地方，看看那里的新面貌。

我自从 1957 年进入鄂尔多斯盆地以来，先后在陕北的绥德、三边地区，在内蒙古的城川、东胜地区，在宁夏的灵武、盐池、六盘山地区勘探施工，一直辗转于盆地中。银西高铁沿线都是我非常熟悉的地方，在其中几个站点居住过多年，可以说一生中主要是围绕在这条线上工作生活。

1958—1962 年，以吴忠为基地先后五年。

1963—1970 年，以银川为基地先后八年。

1971—1979 年，在大水坑工作生活九年。

1980—1997 年，在庆阳城工作生活十八年。

1998 年至今，在西安定居长住。

二、天下黄河富宁夏

1. 吴忠勘探大队

1958—1962 年我们地震队在宁夏的灵武、盐池一带和陕北的三边地区（定边、安边、靖边）做地震勘探，归属银川石油勘探局吴

203 地震队几位同志合影（后排左为作者），1960 年摄于吴忠

忠勘探大队管辖。野外队每年开春出去施工作业，到年底收工回营，然后整理一年获得的勘探资料。吴忠的西寨子是各野外队的集中冬训营地。西寨子解放前是当地驻军营地，现在变成了勘探队的营地。平时基地空闲，只有几个管理人员看护，只有到了冬天才住满了野外队收工回来的勘探队员。

回到基地，仍然是吃集体伙食大锅饭。那几年正是三年困难时期，人们的肚子里油水很少。在野外时每人定量供应是每月 40 斤粮，回到驻地每人减为 30 斤。这还不算，大队部还要求每人每月再少吃几斤，节约点粮食以应付更大的饥荒。那时节，在这“塞外江南”之地也找不到充饥的东西，有多人因饥饿而浮肿。

到了春节，伙房才给大家改善一下伙食。一次是吃炖羊肉，我们队的一位工人吃了一碗羊肉汤，感到口渴，又喝了一碗凉水。羊油在温度低的情况下很快能结成块体，这碗凉水可惹了祸。羊油固结在胃里，疼得他满地打滚。幸亏管理员临时找到一辆运输车把他送到医院，才捡回来一条命，没有被撑死。但那几年确实有因食而死的事件。1962 年经济刚刚恢复时，地方的酒厂也恢复了生产，大家在欢庆中高高兴兴地海吃豪喝了一回。有人在酒足饭饱之后，掏出一根香烟。俗话说“饭后一颗烟，赛过活神仙”，但是因为他喝得太多，刚一擦着火柴，未点燃香烟，却点燃了口中胃中的酒气，口中喷火不止，丢掉了一条命。

吴忠勘探大队在城里西南角，西寨子在城外离城很远。从西寨子到大队部，步行要半个多小时，所以平时很少进城。吴忠还有一个东寨子，那里是吴忠勘探大队化验室所在地，也离城很远。我在吴忠多年，未曾去过东寨子。当时吴忠市没有任何公共交通设施，全靠两条腿，出一次门也非易事，感觉就像是参加一次长途竞走运动。

2．黄河之利

黄河从西向东流入到鄂尔多斯盆地，到了青铜峡折向北流过吴忠、银川、石嘴山，进入内蒙古河套地区。在宁夏的这一段黄河流速不快，地表与河床高差不大，便于引渠灌溉。自秦汉以来，各代都引水修渠，使得这里尽得黄河之利，物产丰富，有“天下黄河富宁夏”的说法，这里也因此被誉为“塞上江南”。宁夏产的大米全国有名，黄河鲤鱼也是闻名的特产。这里的鲤鱼味美，一斤多一条，没有很大的鱼。黄河水里的鱼不少，待到春季引水灌溉时，去至稻田里有时能收获一小盆巴掌大的小鱼。

虽有黄河水利，但宁夏的交通运输还是靠陆路，不靠水路，河里少见行船。吴忠位于黄河之南，银川位于黄河之北，从吴忠到银川必须过黄河。汽车行驶到渡口，慢慢上船摆渡过河。无冰期是靠人工摇橹过河。到了冬天，每天早上把冰凿开两个船的宽度，然后拉着缆绳摆渡。因为这里结冰比较薄，不敢在冰面上行驶。若是冬天从内蒙古的包头过黄河到东胜，汽车可以径直在冰面上开，那里的黄河能冰冻三尺，冰面异常坚实。

三、银川石油勘探局

1. 银川石油勘探局的成立和撤销

1958 年，为助力宁夏回族自治区的成立，石油工业部成立了银川石油勘探局，负责鄂尔多斯盆地的石油天然气勘探工作。

银川石油勘探局由原来的石油部西安地质调查处原建制组成，原属于西安地质调查处的人员和资产由西安东大街的马厂子整体搬迁到银川市南门外。新建的银川石油勘探局机关驻地原来是马家（马鸿逵）行营。石油勘探局南与宁夏医学院附属医院相邻。

银川石油勘探局下设两个勘探大队：一个是吴忠勘探大队，大队部设在吴忠，负责鄂尔多斯盆地西南部的石油勘探；一个是内蒙古勘探大队，大队部设在东胜，负责盆地东北部的石油勘探。

银川石油勘探局存在了五年，1963 年改为玉门石油管理局银川勘探处，归属玉门局领导，并且撤销了两个勘探大队的建制。1963 年银川石油勘探处的全部力量集中到内蒙古勘探，于是我们地震队到河套地区进行冬季施工，从 1963 年开始到 1965 年年初结束。

2. 勘探之路步履艰辛

20 世纪 60 年代，人们的衣食住行都比较困难，野外队的条件更差一步。我们在内蒙古达拉特旗进行冬季施工，为了避寒，住的是农民的废弃房屋以及牛棚马圈，或者是利用现存的残垣断壁，上面搭一个帆布顶盖，也能住人。除此之外，只能是住帆布帐篷。住在仅有一层帆布的单帐篷里，前半夜把火炉内塞满煤块取暖，里面还暖和，到了后半夜煤已烧尽，就只得挨冻。

我们的勘探地区是草原或庄稼地。为了不损坏耕地，所以选择冬季施工，趁冬天把工作完成。那时没有任何节假日，大家甚至不知道哪一天过春节。当时队里一位同志的爱人从家乡远道来看他，电报打到队里，他请假去包头接妻子。待见到妻子后，鉴于野外队的条件，硬是让妻子原路返回。他没有接来爱人，只把她带来过节的食品带了回来与大家分享。所以说，外界很少知晓当时勘探队究竟有多么艰苦。

鄂尔多斯盆地地域广阔，银川石油勘探战线拉得很长，交通十分不便。1964 年，徐承瑶女士从北京石油学校毕业，分配到银川石油勘探处，她到银川报道后被分配到我们 203 地震队。203 队当时在内蒙古施工，从银川到内蒙古又是很远的路程。人事科长给她找了一个便车，当时有领导去内蒙古东胜开会，顺便把她带上。但 203 队在达拉特旗，汽车需要绕道。勘探处有的司机很好，有的司机很牛，不料想碰上了一个二杆子（指人不靠谱）开车。车上塞进一个坐顺便车的人，司机本来就不自在，现在又要绕道，更是一肚子的不高兴，于是找个理由直接把车开到了东胜。承瑶只得在东胜住下，等待 203 队到东胜来办事的车。

承瑶到 203 队时，正逢冬季施工。内蒙古冬天很冷，她的脸和手都冻得红肿。脸上冻疮化脓带血，手上皮肉冻裂见骨。但她凭着坚强的毅力，即使疼痛难忍，也从未休息过，每天照常出工劳作。她的吃苦耐劳精神获得大家的一致称赞，任挺处长在全处的机关大会上特别表扬了她。

那时候女勘探队员很少，她们做出的突出成绩确实令人瞩目，广为传扬。像郝钧女士，她是勘探局的劳模。当时银川局有两个电法勘探队，周正南、郝钧夫妻二人各领一队。电法队比地震队更为艰苦。电法队人少车少，远离基地，遇到困难全靠自己就地解决。郝钧作为一队之长，处处带头，拣最累最苦的活干，一个强壮的男子都比不过她。她在勘探局不但是女同志的榜样，也是全体职工的楷模。当时郝队长的知名度远超了周队长。郝钧、徐承瑶都是我的校友，郝钧是师姐，承瑶是师妹。

在内蒙古集中勘探两年之后，由于未找到油田，于是银川勘探处将全部力量转移到鄂尔多斯盆地西缘。随着勘探地区的转移，银川石油勘探处机关从银川南门外迁移到灵武县马家滩。原来的银川南门外驻地变成了后勤办事处，成为家属基地。1965—1970 年我们地震队先后在六盘山盆地、银川地堑、灵盐定地区勘探作业。这是我 1963—1970 年以银川为基地的几年，直到 1971 年离开地震队，调到大水坑三分部研究所。

3．银川石油勘探处变成长庆石油会战三分部

1970 年开始了长庆石油会战。银川勘探处改称为长庆石油会战指挥部第三分指挥部，负责灵盐定地区的石油勘探，三分部机关设在灵武县马家滩。另外，以江汉油田调拨来的队伍为主成立了长庆会战第一分指挥部，一分部机关设在延安，负责陕北地区的石油勘探。以玉门油田调拨来的队伍为主成立了长庆会战第二分指挥部，二分部机关设在庆阳，负责陇东地区的石油勘探。

1979 年长庆石油会战指挥部决定撤销三个分指挥部，成立厂、处级二级单位，由会战指挥部直接领导。三分部变为物探处、采油三处、钻井三处等几个单位。

长庆石油会战指挥部先设在长庆桥，后迁至庆阳城。1983 年长庆石油会战指挥部更名为长庆石油勘探局，银川石油勘探局这段历史现已很少有人知晓。现如今，长庆油田的石油和天然气的年产量达到了 6000 万吨以上，成为国内年产量最多的油气田。

补充

徐承瑶：我 1964 年从北京石油学校毕业，分配到银川石油勘探处。当时 203 地震队在内蒙古达拉特旗进行冬季施工，我要从银川乘火车到包头，然后乘汽车到达拉特旗。当时交通很不方便，人事科任科长是位女同志，她跟我说组织部杨部长到内蒙古东胜开会，让我跟他一道，有车从包头接他，让司机顺便把我送到队上。到包

头后，杨部长叫司机帮我取了行李。从包头到东胜，经过达拉特旗，但203队未住在旗镇上，离旗镇还有十几公里。车到达拉特旗时已经天黑了，司机不肯绕道，无奈何我只好跟车一道去了东胜。过了两天，203队才有车来东胜，我随来车到队上报道。

当时203队指导员是王怀温，队长胡肇庆，解释组长张伯荣，仪器组长郝让。我1964年来203队，1967年调离到青海地震队。虽已过去五十多年了，但我仍十分怀念那段岁月及一起工作的同事朋友。

203队当时在内蒙古河套地区进行冬季施工，野外作业十分艰苦，每天早出晚归，可以说是披星戴月。中午就在工地上啃凉馒头就凉开水。冬天的西北天气非常寒冷，寒风刺骨，我手上冻裂，脸上冻得生满冻疮，肿得眼都睁不开，溃烂流黄水。我硬是坚持每天出工，没有叫一声苦。说到这里，不得不说我们队医冯大夫，他是一位医术高超、经验丰富的好医生。当时我疼痛难忍，请他给擦点药。他告诉我说，小徐千万别擦膏药，否则你脸上会留下疤痕，你就忍耐坚持，让它自然修复吧。我硬是强忍着疼痛，让其自然恢复，至今未留下疤痕，十分感谢他。

四、大水坑研究所

1. 三分部研究所

1970年，长庆石油会战打响。长庆石油会战指挥部下设三个分指挥部。原银川石油勘探处改称为长庆石油会战第三分指挥部，三分部机关设在宁夏灵武县马家滩。1971年成立三分部研究所，研究所驻地在宁夏盐池县大水坑公社。三分部研究所下设勘探室、开发室、化验室、情报室、钻采工艺室等部门。

三分部研究所存续九年，1979年撤销。我从1971年起到研究所撤销，一直在研究所情报室工作。

1975 年摄于三分部研究所

研究所成立于百废待兴的时候，因此所长闫铸从各单位搜罗来不少的技术人才，使得研究所具有了相当的研究实力，这些人就是研究所的工作主力。后来研究所撤销，这些人员调往各地，成了新单位的骨干。我们情报室也出了好几位优秀人才，像吴宗若、张尔平、王莎莉、孟庆云等后来都在不同的岗位上取得了很大的成就。

吴宗若，中国海洋石油总公司中海信托投资有限责任公司总经理。

张尔平，中国地质学会地质史学委员会副秘书长，中国国土资源作家协会会员，社会活动家。在她的奔走与呼吁下，中央地质调查所旧址得以完善保存。

王莎莉，中国石油天然气集团公司苏丹工程建设项目负责人。

孟庆云，画家。山水画颇具水准，立足画坛。

2. 交通是个大问题

大水坑是典型的盐碱滩地，雨水少，风沙多，土地贫瘠，靠天吃饭。但这里沙土地产的土豆很有名，个大而沙，吃起来沙而脆。把土豆放进燃烧后的炭灰里，就炭灰的余热慢慢地烤熟，吃起来特别香，其他地方的土豆都没有大水坑的土豆香。土豆亦菜亦粮，这里的居家小院都挖有菜窖，入冬前把几百斤土豆藏入窖中，供一冬食用。

大水坑石油基地内有个小卖部，另外大水坑公社有个供销社，都是卖些日用杂货。若是挑选自家需要的生活用品，必须到吴忠市去买。那时石油单位有去吴忠的班车，每天一个来回。早上从大水坑出发，中午饭后从吴忠往回开。需要坐班车的人凭单位介绍信去排队领车票，往返车票分别在开车前领取。那时节管车票的人可是备受尊崇，到发车票的时候，此人一出现，大家有如众星捧月一般。虽然是个普通的服务人员，但肩负着这么关键的职务，使其具有无比之荣耀，身边更不乏求助者。那些有急事而领不到车票的人急得团团转，有的甚至急得直哭。当时出行就是这么个状态，人们把出行视为畏途，绝不像现在这样方便。

大水坑距吴忠五十多公里，路上要花费两个多小时，途经惠安堡、十八公里、九公里。十八公里是石油农场，在吴忠之南十八公里。这个农场产的粮食可以补贴一点石油职工的口粮，还可以安排无城镇户口的职工家属。后来十八公里农场交给了地方政府。九公里当时是地震大队所在地、野外队所在地和家属基地。

3．盐碱滩、翻浆路

大水坑在银西高铁的惠安堡站以东二十余公里的地方。虽然距离不远，但那时候却行驶不便。特别是在开春季节，汽车走在简易公路上，常常因为道路翻浆而抛锚，然后研究所赶紧组织人员前去现场援救。

虽然叫大水坑，但实际上有坑无水。地表被沙土覆盖，表层之下地层非常松软，是含水的泥沙层。汽车行驶在路上都提心吊胆，一旦轮胎打滑，会把表层下面的泥沙向上翻，汽车会越陷越深。救援的办法视汽车深陷的程度而定。如果陷得不太深，则在众人的助推之下可以解围；若陷得较深，需要在轮胎下面垫麦草、木板、木杠子，甚至垫上皮大衣；若陷得更深，则需要拴上钢丝绳让别的车给拽出来。翻浆路就好比是红军长征中过草地那一幕，人在草地上走稍有不慎则被陷进去，而且越挣扎陷得越深，若没有别人施救则十分危险。

此前在60年代我们地震队曾在大水坑地区勘探，开始时也是钻机车经常被困在路上，动弹不得。后来只得放弃用钻机钻井，改用洛阳铲打孔放炮。洛阳铲最早是盗墓工具。洛阳古墓很多，这是洛阳地区广泛使用的盗墓工具，所以叫洛阳铲。盗墓者先用洛阳铲打探洞，若下面打到了砖头或木板，就是发现了墓穴，然后再用铁锹挖大洞便于人员下去。

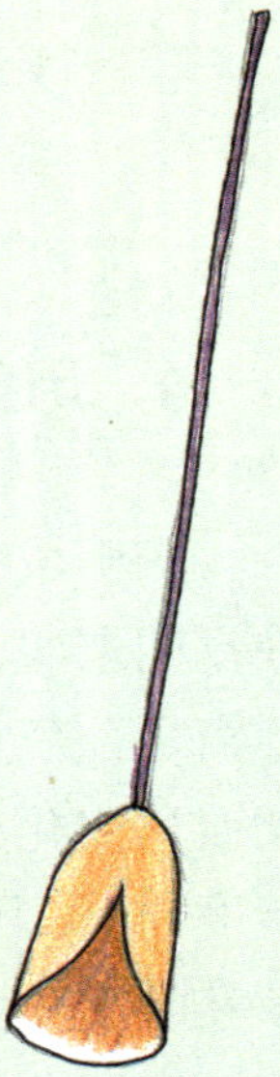

洛阳铲是约半尺长的圆形铁铲，直径三寸多，上小下大，形状如钟。下面开刃、内涩外光、铁头铁杆。外表面光滑有利于打井时上下提动，减少与井壁的摩擦力。使用洛阳铲时垂直用力朝下砸，由于下面有刃铲头能吃进土里。因为铲头上小下大，铲子里面的土被压紧，便于上提。又由于内表面粗糙摩擦力大，土不会掉落。这虽是简单的工具，但设计得非常合理。

用洛阳铲打井，能看清这个地区的表层结构。开始打井时是干的泥土，再往下探，土层变湿，越往下越湿，到深处变成了稀泥。开始打井时需要往井里浇水才能把土提上来，到最后需要往井里填土才能把稀泥提上来。若是稀泥层距地面很浅，那地面就经受不起车轮的碾压，造成翻浆。

银西高铁以甜水堡为界，以北为盐碱滩地，以南是黄土塬。这两者都是土质疏松的地质条件，修公路不容易，修铁路更困难。这两种土质贯穿着银西高铁的沿线，可见修这样一条铁路的艰辛，而且在以后的维修保养中也非常不容易。银西高铁的通车在鄂尔多斯盆地是件大事，值得特别庆贺。

五、古城庆阳

1. 历史沿革

庆阳城位于银西高铁的中间位置，是沿线最为古老的城市。早在夏朝末期，后稷之子不窋在此开启了先周农耕文化之先河。后来不窋之孙公刘率族人南迁至旬邑一带。隋朝时这一方叫弘化郡，唐朝改称安化郡、顺化郡。到了宋代设庆州团练，后又设“庆阳军”节度，“庆阳”这一名称方见于史册。北宋名臣范仲淹曾任庆州知州，镇守此地。明代时庆阳地区隶属陕西布政司。清代分隶甘肃布政司。

庆阳也是革命老区。抗日战争时期国共两党在庆阳地区有交集。共产党的庆阳县委设在庆阳城，国民党的庆阳县党部设在西峰镇（位于庆阳之南）。国民政府军政部将庆阳地区的几个县划归为八路军“募补区”。

解放后，西峰镇为庆阳地区专员公署所在地。2002年建立庆阳市，市府设在西峰，庆阳县更名为庆城县。现在的高铁站庆阳站在西峰，庆城站在庆阳。外地旅客可能弄不清两者的关系而下错站。

庆城是带有古色古香的文化古城。城外的东山上有周祖陵，城内尚保存有宋代建筑普照寺大殿，经历了千年风雨，是难得一见的现存古建筑。还有明清建筑慈云寺，现在是博物馆。博物馆藏有金代大铁钟一口，上刻女真文字，还有黄庭坚书《云亭宴集》诗碑一座，也是珍贵文物。

陇东地区土地肥沃，物产丰富，号称为“甘肃粮仓”。庆阳的土特产黄花菜很有名，是做菜的调味品，味香醇厚。那几年我每次去北京时都给石宝珩带一包黄花。庆阳的西瓜也好吃，沙而甜。西瓜上市时节，瓜农推着架子车来卖，每家都是一买一车。

2. 新兴的石油城

自1970年长庆石油会战以来，在庆阳地区发现了一系列油田，如环县油田、马岭油田、城华油田、西峰油田等。这些油田的开发极大地促进了庆阳地区经济、文化事业的发展。石油职工与当地人民和睦相处，共建新兴的庆阳。

20世纪80年代庆阳城是长庆石油勘探局机关所在地，直到1998年长庆石油勘探局机关迁至西安市。现在庆阳城是采油二厂等几个单位的驻地。我自从1980年调入长庆石油勘探开发研究院，直到随迁西安，在庆阳城工作居住十八年。庆阳城给我留下了许多美好的印象，在我的书中有多篇记述庆阳的文章。中国书法家协会副主席张改琴女士颇有感触，她说："我们庆阳人自己都没有写过庆阳。"

3. 典型的黄土塬区

以甜水堡为界，以北是滩地，以南是黄土塬。现今的黄土塬干旱缺水，所见一片黄土。但在一个世纪之前，它并不是这个模样。

早在一千多年前，西北不是这样的荒凉。丝绸之路上还有水有草，人来人往，不愁吃住，只是后来的荒漠化加剧，丝绸之路才变成了遗存的古迹。庆阳的黄土塬当年也是气候湿润、林木覆盖、野兽出没的地方。正是由于植被的茂盛，黄土塬的表层是肥沃的土壤，叫黑垆土，适合农作物生长。而表层以下的黄土叫生黄土，长不出庄稼。那时的黄土山也是青山，后来气候变得干旱少雨，青山变成了寸草不生的荒山，水土流失日益严重。

中国的西北地区是世界上黄土最为发育的地区，西峰塬则是西北黄土最典型的代表，面积之广阔世上少有。因为黄土层土质松软，并且发育着垂直劈理，黄土极易沿劈理垮塌。黄土地区发生的水土流失与劈理密切相关，原本是一马平川的黄土塬逐渐被切割得七零八碎，剩下较大面积的地方叫"黄土塬"，较小面积的叫"梁"或

作者 1989 年在庆阳研究所

“峁”。水土流失越是严重的地方，沟堑越是发育，交通非常不便。

黄土结构疏松，地震波传不下去，在黄土塬上做地震勘探很困难。1962 年我们地震队受命在盐池县满圈塘进行黄土塬地区工作方法攻关试验，所以我对黄土层有了更多的了解。在外人看来，黄土结构单调，看不出什么差别。其实黄土并非是整体化一，其间还是有差别，能够区分的。那一年我们队因为是专门在黄土地区攻关，特地分配了一位地质人员——地质系毕业的王文明。他精通地质，又非常敬业，在一口实验用的百米深井钻井时，他寸步不离井口，每钻进一米捞一次砂样（即返到井口的黄土碎片），然后小心翼翼地把砂样用清水洗过晾干，送到西安化验。根据化验数据，然后划分出黄土的不同含盐量的分层。我也用特别构思的小排列微测井地震方法，检测黄土的不同分界面。我们两人获得的结果完全一致。

后来在 80 年代我去外地参加一个地质学术会议，会务组安排与一位老先生在一个房间住。老先生非常谦和，是中科院兰州地质所张宗祜。他听我说是长庆油田的，于是向我介绍说他们在西峰塬建立了一个黄土典型剖面，每年都有国外地质专家来考察研究，因为黄土研究是一个世界级的课题。原来张宗祜先生是我国的黄土研究专家，中科院院士，地质界举足轻重的人物。我告诉他我们在满圈塘的黄土实验成果，他很感兴趣。会议结束后我回到庆阳随即整理了一份资料寄给他。

庆阳地处黄土塬腹地，那时候进出油田都很不便。从庆阳向北到银川坐汽车需要一天时间，从庆阳向南到西安也需一天。庆阳城距西安三百多公里，下沟上塬，受尽颠簸，十个小时才能赶到西安。银西高铁建成通车，这是石油人梦寐以求的事，值得特别祝贺！

（此文发表于 2021 年 12 月 10 日—1 月 20 日）

补充

徐承瑶：银西高铁建成通车真是给沿线三省带来福音，作者已经阐述得很清楚了。我只讲一点，作者他是我们石油人的前辈，50 年代就战斗在鄂尔多斯盆地，直到退休。他对鄂尔多斯的地质地貌了解掌握得非常清楚，可以说是活地图。我 60 年代也曾在内蒙古、宁夏同作者一道进行地震勘探找油，他是我的校友师兄。后因工作需要，我转战到青海油田、江苏油田，现退休定居南京。一直想再回到曾经战斗过的地方看看，苦于交通不便未能成行。现在好了，银西高铁建成通车给我们带来方便，为银西高铁点赞。

藝石故事集

地震队之后

所长闫铸

长庆石油会战指挥部三分部研究所是当时长庆石油会战在宁夏地区的研究机构，所长是闫铸。闫是部队转业到了石油单位，他虽然上学不多，但为人好学。一开始是银川石油地震大队大队长，长庆石油会战打响后，他受命组建三分部研究所。他兢兢业业，很快使研究所形成了规模。

我原来在地震大队，他知道我在自学英语，于是找到我，想调我到研究所，并征求我的意见。我说愿意，于是 1971 年我从吴忠的地震大队到了大水坑三分部研究所情报室。到研究所没多久，他找我说石油部想调我到北京，并且当即给我接通了北京的长途电话。电话那边说，石油部准备引进国外的先进勘探设备，缺少懂技术的人员，打听到我了，征求我的意见，只要我同意立刻就能进京。这事来得突然，我想我刚来到这里，微力未出，就要远走高飞，于情于理都说不过去，于是拒绝了北京的商调，留了下来，一直干到研究所撤销。

闫不是知识分子，但能善待科技人员，所以当时研究所网罗了一批技术人才。研究所撤销后这些人去了各地，成为那里的技术骨干，例如调到中海油的一批人员构成了中海油最初的一批骨干力量。一部分人留在了长庆，我留在长庆调至庆阳的石油勘探开发研究院。

1984 年我因出版《冲断推覆构造》一事，造访甘肃人民出版社，到了兰州。当时闫是长庆油田兰州办事处主任，见到我非常高兴，在办事处设宴款待甘肃出版社各位。他与我遍数当年研究所旧人如今的状况。

后来闫退休在兰州安享晚年，他的夫人待人也非常热诚，他们育有四个儿子。

（此文发表于 2019 年 6 月 10 日）

点评

张尔平：看了您的微文，才知道当初北京商调您的事，您没去。真是谦谦君子，让人感叹。

艺石：是错过了一个很好的机会，而走了一条很艰辛的路。

张尔平：人在当时有很多局限性，回首才看得清。

艺石：虽然步履艰难，但能一路走来，没有什么遗憾。

张尔平：石宝珩先生是您的恩人。借调北京的那几年您开阔了眼界，出版了那么多书，少人可比。

艺石：这一生得遇多位贤者，其中就有你父亲，永远铭记。

张尔平：谢谢您！

一九七七年的春节

粉碎“四人帮”后，人们的心情一下子轻松下来，心气也被释放出来，竟有万象更新的感觉，这从两个现象可以看出。

一是相互吃请。当年的物资并不丰富，人们能够弄到的也就是花生米、鸡蛋和一点猪肉。这些东西凑成三四盘小菜，加上一瓶酒，就能请客吃饭。两三人凑在一起倒也快活，今天吃我家，明天吃你家，后天吃他家，你来我往，不留死角。吃酒不灌酒，没有酩酊大醉者，图的就是个心情舒畅。那时节有的人居然很少在自家吃饭，到开饭的时候，刚坐在自家的饭桌前，突然就被人叫走了。

再一个就是春节串拜。男人约男人，女人约女人，三五成群地相互走访拜年，走得开心，串得痛快。有时一家的两个大人都出去，家里是小孩子留守，在桌上备个签到本，谁来过请签个名字，待主人回来后查看，以便回访，不要失礼。其实到人家去拜年，也就是寒暄几句，坐不了一两分钟就得起身告辞，因为这一趟要去拜十几家，每家都不能久留。再者你若久坐不走，那第二拨的客人就无法进门。从初一串到初五，路上人流络绎不断，有时要去拜望的对象竟然在路上相遇了。

（此文发表于 2019 年 2 月 3 日）

人的特异功能

我对“特异功能”的理解是具有异于常人的功能。用这个概念衡量，我承认有特异功能的人存在。但是我总觉得把特异功能理解成“人的异常现象”更为合适。例如，我们常人的视力能达到1.2，但有的人群视力高达3.0，甚至有的人更高达5.0，那么这些人就应当是具有特异功能了。常人看不到的远方他能看到，等于自身具有望远镜或放大镜的功能。特异功能的产生可能与人所处的生存环境有关。

另有一些特异功能的产生可能与人体病理有关。我是过敏体质，对蒿草特别敏感。1992年秋天我去天坛逛了一趟，回来后打喷嚏不止，引起了过敏反应。后来了解到天坛公园就有种蒿草类植物。进入到这些地方，我会闻到一股臭味，而平常人根本没有这种感觉。这是我的特异之处，异于常人的功能，这也是一种病态反应。

20世纪80年代，社会上突然出现了许多有特异功能的人。例如：“耳朵认字”“透视人体”“隔空治病”……这些“特异功能”无非是挑战人们的智商，都是一个个骗人的把戏，不必当真。人不存在这些特异功能。

在特异功能很火热的时候，石油界也出现过有特异功能的人。当时从北京接来一个可以用特异功能找油的人到长庆油田。据说他所到之处能感受到此地有油无油。如果属实，那对于我们这些千辛万苦找石油的人来说真是天降福音。我猜想，可能是地下石油会有些气味透过地层向地上透露，若是有人能嗅到这一丁点儿的气味，倒是有些可能。但实际检验，我们带领这个特异功能者到油田周围转了一圈，他还是不行，他的感觉与油田实际不符合。我的猜想也只是个美好的愿景而已。该人甚至还声称自己可以摸石油，只要把手放在地图上摸，哪个地方有油他的手心就会感到发热，真是荒唐至极！

11+1 的故事

1990 年 9 月我在大庆开会，在招待所忽然遇见我们单位的梁龙同志。他和别人也在大庆出差，他们准备接两部新车返回庆阳。于是我随他们去了牡丹江市接车，然后经长春、沈阳、天津、石家庄、太原、延安，回到庆阳，一路上经过了不少的名山大川。因为新车限速，走了一个多星期。又因为当时北京正在开亚运会，所以取道山西、陕北这条路回庆阳。

途经山西时，那天中午到达位于黄河东岸的吕梁县。我们一行六人在一个小饭馆里吃午饭。饭馆不大，夫妻二人经营。做饭期间，屋里进来几个小女孩，年龄相差不大，原来这些女娃都是这家的。这夫妻已生育有 11 个女孩儿，还不罢休，非要生个男娃才行。当时给我的感觉是独生子女政策在农村行不通。虽然当时在城市严厉推行计划生育，谁敢超生，一旦发现，撤职降薪。

今年 7 月，互联网上报道，山西吕梁县 11 个姐姐给弟弟凑钱 23 万结婚一事，还附有一张全家福照片。这事也太巧了。

按照叙述文应当具备的三要素——时间、地点、人物，我的所见与网上报道的事非常符合。时间当时是 1990 年，如今 28 年过去了，11 个女娃应该在 29 到 40 岁左右。地点正是吕梁县。人物是这个弟弟今年 22 岁，当时尚未出生，也符合事实。

所幸的是这 12 个娃都已长大成人，这在贫困山区也是很不容易的。而且现在他们生活得还不错，应当祝福这一家人!

（此文发表于 2018 年 7 月 20 日）

两盘小菜

改革开放初期，长庆油田与外界的交流逐渐增多。油田一位干部去广州出差，住进宾馆内。该吃饭了，他按照指引来到宾馆餐厅。餐厅很气派，玻璃橱柜内摆放着各种小菜。当时南方人大多不会说普通话，这位老兄根本听不懂广东话，不知道服务员对他在讲些什么。看到橱柜内放有土豆丝，于是用手指着要了一盘习惯吃的家乡菜，又要了一碗米饭。

小菜很好吃，味道很爽口，他心想南方人就是细工巧手，能把土豆丝做得这么香，不像我们把土豆菜做得那么单调。一盘小菜很快被他几口吃光，但饭还只吃到一半。这南方人也太秀气了，一盘菜不如北方的半盘，于是他又指了一盘。一碗米饭、两盘土豆丝，这顿饭虽然简单了点，但饭菜的味道还不错。

饭后埋单，饭费竟算了一百多元！一顿饭吃掉了半个月的工资。于是他据理力争，说：“哪里会有这么贵的土豆丝？在我们那里就是几角钱，你们这暴利也太邪乎了！”正在争执不下时，饭店经理出面了。经理说：“先生你吃的不是土豆丝，是海珍，很名贵的水产品切成的丝，我们的价格是市价，不敢多要啦。”但最后还是打折给了他很大的优惠，双方握手言和。

（此文发表于 2021 年 6 月 16 日）

点评

张尔平：有意思！言语不通融可真是要了命了。

张城：吃的是海参吗？

艺石：海参切出来可不像土豆丝。

张力岩：老爸，是鱼翅吗？

艺石：可能是。

张怡：是鱼翅。

科技处处长胡善长

胡善长是天津人，属于解放初期那一代的知识分子，解放后考入了清华大学机械系。由于发展工业的需要，国家将这一班改学钻井。后来他们这班同学都成为石油工业各部门的技术骨干。

我于1980年调到长庆油田勘探开发研究院的时候，胡是长庆局科技处处长。我们是天津老乡，自然更亲近一些。我到局里办事，总要到他的办公室去看看他，说上几句话。见到我他的话也多了起来，时不时还说两句天津话。有一次他说："现在的油田领导还是执行慈禧太后的政策：宁赠友邦，不予家奴。"我清楚他这话是为我说的，不过当时我对当官不当官不太在意，所以没往心里去。

1991年，"长庆杯"石油知识竞赛决赛现场设在马岭采油二厂，请来了徐笑梅、沙桐、卢佳主持决赛。此前的出题等组织工作都已准备就绪，赛题当场交给了主持人。沙桐问我："现场仲裁是谁？"我一下子被问住了，因为事先没有考虑到这个事。急切之间，我环视了一下赛场，看到胡处长坐在附近，于是与他商量，请他担任仲裁，他倒也爽快地答应了。本来我料想不会遇到什么问题，但出乎我所料，在选手答题后还是出了问题，于是沙桐请仲裁裁决。只见胡立即站起来，果断地裁定。比赛顺利地进行，圆满落幕。整个比赛用题胡事先根本不知，在现场应付突如其来的问题难度非常大，又不能有丝毫的犹豫。胡善长对石油知识的全面把控是他全面素质的体现。

（此文发表于2021年6月6日）

一代楷模石宝珩

石宝珩（1938—2015），辽宁省锦州市人，教授级高级工程师。1963 年，他从北京大学地质地理系毕业后，分配到大庆油田研究院，参加了大庆石油会战。1978 年调石油工业部，先后担任石油工业部科技司处长、中国石油天然气总公司新技术推广中心主任、中国石油天然气集团公司科技局局长，2000 年底退休。他还曾任中国地质学会常务理事、中国石油学会常务理事、中国地质学史研究会副会长、中国地学哲学研究会副主任、国家科学技术进步奖评审委员。

石宝珩先生身为石油科技工作的领导，组织开展了多项国家级跨部门的大型科研攻关项目和新技术推广项目，创办《石油知识》刊物，为石油工业科技发展做出了突出贡献。他又是石油地质方面的专家学者，参与组织编写《中国矿业史》《中国油气田开发志》《石油工业通论》等大型工具书。另有多项著述与成果奉献于世，其代表作有《石油地质论文辑录》和《石油史研究辑录》。

我与宝珩先生是好朋友，也因此得以从长庆油田借调到中国石油天然气总公司新技术推广中心。从 1992 年起，大约有二十年的光景随他工作和写书，对他有深入的了解。

宝珩先生是位实干家。他的工作每天都安排得满满当当，没有片刻的停顿时间。虽然大庆会战已经过去了几十年，但他一直保持着“三老四严”与“四个一样”的作风。对他来说，晚上和白天一样，休假日和工作日一样，退休后和退休前一样。他是我所见到的最勤奋的人，我自愧不如。像他这样的紧张安排，我肯定吃不消。在他的办公室里摆着一件耕牛石雕，应当是他品格的写照。用他自己的

石宝珩（中）、孙平（左）、张伯荣（右），2007 年摄于香山植物园

话来说："我自 1963 年走出校门，进入石油行列，到 2000 年底退休，一直是这支队伍的一员，为我所追求的理想奋斗了近 40 年。"这话说得非常实在，但掷地有声。

宝珩做事非常有条理，工作严谨而有序。他平时很注意学习和收集资料，所以他写出来的东西有根有据，从不人云亦云。他要我写材料时，总是事先将需要参考的资料搜集齐全交给我，这样我写作就变得容易得多。这不仅体现了他的严细作风，也能看出他处处能为别人着想。

宝珩为人非常低调。我的第一本专著《漫谈科学与艺术》写成后，请他审阅并作序。他用了几个晚上的时间把书稿认真地过了一遍，凡是书稿中有"石宝珩先生"的地方，他都把"先生"二字划掉，足见其谦虚的本性。

宝珩不看重钱财。2008 年他负责《中国大百科全书》第二版的石油条目的编写，我也参加其中。后来出版社寄来了稿费，他让我把稿费寄给各位参与者。他把稿费一分不剩地分完，然后再自己掏钱出寄费。这虽是小事一桩，但足见其为人处事的品德。退休之后，他把仅有的一些积蓄全都投资建设加油站，结果打了水漂。我听说了这件事，担心他或有急需用钱的地方，在与他闲谈中顺便说了一句："我手里还有些钱。"他说："我怎么能用你的钱？"我说："这都是身外之物。"他再没说什么，但也从未提起过需用钱之事。

他喜欢石头，曾向我介绍说自己有一窝恐龙蛋化石。后来在他的客厅里我见到了这个化石，是凿下来的一整块岩石，中间叠加着数枚恐龙蛋，每个蛋的大小如两手抱拳大，灰绿色，煞是好看，真是一块难得的奇石。

有一次我送给他一块石片，他说："这不是很普通一块石头吗？"我说："这可不是。"在石片中有一个约 3 公分大的蚊子化石。蚊子细胳膊、细腿、细翅膀，猛然间还真是看不出来。

2010 年之后宝珩在家休养，我每逢出书都第一时间给他送去，也是为了去看他。2014 年我去看望他，他把我引到书房，书桌上摆着几方砚台准备送给几个人，让我先挑一个。我挑了一个角石砚台，但心里产生一丝惊愕。一个酷爱石头的人竟然把心爱之物分赠众人，莫非对自己的病情有了一些预感？我不便多问，但不免暗暗凄楚。

2015 年宝珩离世，我痛失一位挚友。每当回首往事，我更加怀念他。他的夫人姚慧君女士至今仍把我的书放在书柜的固定位置上，它们见证着我俩的友情。

宝珩做事严谨，做人谦诚，堪称一代楷模。记得那一年他从云南出差回来，作了一首诗：

云南行

车在山中走，云在脚下生，
人生本无路，东西任平生。

宝珩先生有很多常人不具备的特质，但他从未作诗，这首诗可能是他唯一的率意之作，反映了他勤奋、坦荡的一生。

（此文发表于 2021 年 8 月 10 日）

点评

张尔平：当时在地质学史研究会的时候，石宝珩先生对我的工作支持很大。

艺石：他对你的印象非常好，很佩服你的文采。

张尔平：文采不敢当。2009年我见到了他的北大同学潘云唐先生，得知石宝珩先生得了帕金森病。

艺石：石宝珩、潘云唐，还有你，都是极勤奋好学的人。

张尔平：我跟这些专家不是一个层次，您谬奖了。

石宝珩与地质学史研究

石宝珩先生一生勤奋不息、治学严谨、成果丰硕，其对地质学史的研究只是其贡献的一个方面。我自 1985 年与他结识之后，成为挚友，至今回忆起他的点滴事迹，犹自令人难舍多年的交往情谊。

一、开展陆相生油理论的史学研究，彰显中国地质界的智慧与贡献

一百多年来，世界各地找到了几万个油气田，其中绝大多数是产自海相沉积地层中。但在勘探中，在陆相沉积地层中也相继发现了一些油气田。特别是我国 1907 年建成的陕北延长油田，1939 年开发的玉门老君庙油田，1955 年发现的新疆克拉玛依油田，尤其是 1959 年发现的大庆油田，石油都产自陆相沉积地层中。根据这些发现，我国地质界逐渐掌握了陆相生油的理论。潘钟祥早在 1941 年就提出“石油不仅来自海相地层，也能够来自淡水沉积物”。黄汲清、王尚文等人认为西北地区的油田都属于陆相地层。

宝珩先生基于大庆油田的勘探开发实践，深刻认识到陆相生油理论是石油地质理论研究中不可或缺的一部分。研究陆相生油理论发展史对于我国石油工业的发展具有重要的理论意义和现实意义。

他对于陆相生油理论的整体把握非常清晰。他说，陆相生油与海相生油并无本质区别。石油的生成都需要有一个静水体的地质环境，石油的生成都经过了一定的演化阶段。但是由于陆相与海相环境不同，

导致原油的性质不同，找油的方法与手段也有所不同。

宝珩做事认真、治学严谨、从不苟同。他笔下所写都有根有据，所以他的地质学史研究确凿可信。对于陆相生油理论的研究，他查阅了大量的资料。他跟我说，他已经收集到了翁文灏先生早年的一个亲笔记录。

一个完整的理论，需要有明确的观点、具体的内容、独到的论证和确切的结论。宝珩先生指出：“回顾陆相生油理论的发展，在我国大致经历了三个阶段：20 世纪 40 年代推断阶段，50 至 60 年代地质分析论证阶段，70 年代以来属于有机地球化学研究阶段。”他的科学划分表明，我国陆相生油理论从开始提出到形成、发展，经历了一个漫长的过程，这其中有许多人的贡献。他的研究避免了片面看待问题。

2002 年，在一次谈话中他说：“一个学说是经过一个群体逐渐完善而形成的。以陆相生油为例，潘钟祥、黄汲清等都说过陆相淡水沉积可以生油，但都没有说得更详细。”我非常赞同他的治史观。

二、尊重学史研究人员，重视学史研究成果

宝珩先生颇有孟尝之风，他尊重知识、尊重人才。正是由于他的人格魅力，他在科技界有一大批朋友，在业界有极好的口碑。他对于地质学史的贡献还在于他对史学研究者的尊重和帮助上。

地质史学家与地质学家不太一样。地史学家关注的重点往往不在于一个理论的本身，而是该理论提出的背景、理论发展的阶段，以及理论的深远影响。地史学家研究的对象是人的行为观念，其间的过程和细节都很重要。史学家研究的对象往往在不显见的细微之间。在研究当中，地史学家与地质学家一样付出了艰辛，贡献着智慧。

宝珩十分理解史学研究者的苦衷，他非常尊重他们，虚心向他们求教。当他们有了研究成果之后，主动地伸出援手帮助出版。王鸿祯先生对此颇为称赞：“宝珩同志对老同志、对前辈们的理解和

尊重，不仅表现在他的待人接物、虚心学习上，因而与一些前辈们成为忘年之交，更表现在他助人为乐、勤于奉献的高尚精神，使不少从事学史研究的前辈们的成果得以刊行面世。”地质学史研究不断地向前发展，有他的支持在其中。

（此文写于 2018 年 7 月）

《石油知识》的创办与中兴

《石油知识》是石油石化行业唯一一本科学普及刊物，深受石油员工的喜爱。《石油知识》创刊于 1985 年，到今年进入第 35 年。编辑部从辽河油田迁到北京始于 2000 年，至今进入第 20 年。创办与中兴都是值得纪念的日子。

一、石宝珩创办《石油知识》

1985 年，时任中国石油学会科普委员会副主任的石宝珩提出来要办一个石油科普刊物的构想。他强调中国石油工业的崛起在国民经济中发挥着重要作用，对科学技术的发展具有重大影响。没有一个宣传普及石油知识的刊物与石油工业的发展很不相称，创办《石油知识》将对提高百万石油大军的科技素质和对石油科技的研究与教学起到积极的推动作用。他的构想得到了石油学会领导和石油部领导的肯定与支持。

凡事看起来容易，做起来难。《石油知识》是在解决了一个又一个难题之后才一步步向前迈进的。在创刊之初，从组织班底到刊物内容，都必须细致筹划。试刊的栏目设置都是他亲自动手，亲自审稿改稿。到外地出差，他将稿件装进旅行箱内，白天开会，晚上看稿。从一开始《石油知识》就办得有模有样，成为广大石油员工喜闻乐见的读物，成为连接石油从业人员的纽带，就是远在海峡对岸的同行们都热情寄来稿件，赶来参加会议。

作者与石油知识编辑部邓传信先生（右），1990 年摄于庆阳研究院

《石油知识》设有“石油春秋”“石油人物”等栏目，辑录史料，存史留鉴。他自己也不断撰稿，他写过潘钟祥、侯祥麟、翁文波、钟其权、张抗、黄第藩、戴金星等。他写人不唯官、不唯名，重事实、重贡献，能抓住人物具有的特点。《石油知识》自创刊至今三十多年久盛不衰，记录了一代又一代石油人的艰苦奋斗历程。当时登录在刊物上的每一篇文章如今都已成为宝贵的史料。宝珩含辛茹苦，功不可没。

后来宝珩的担子越来越重，负责总公司新技术推广中心的工作，负责科技局的工作，不能再参与办刊的具体事务，但他一直关心、帮助《石油知识》。每当提起《石油知识》时，他总是说某某同志在办刊中出了大力，某某工作得很不错，唯独不提他自己。

《石油知识》编辑部后来从辽河油田迁至北京中国石油学会，编辑部人员换了一茬又一茬，但石宝珩当年力排众议，下定决心要办成一个像样的石油刊物的坚定信念一直影响着他们。宝珩的刻苦奋斗精神鼓舞着每一位编创人员。

二、《石油知识》的中兴

《石油知识》开始是由辽河油田承办，在盘锦出版。由辽河石油勘探局组建编辑部，辽河油田的总地质师兼任《石油知识》主编。前后两位主编王树芝、葛泰生，以及编辑部主任涂敏等编辑人员都是非常敬业的人。

后来由于体制改革，辽河油田继续办刊遇到了问题，于是原编辑部的两位中年骨干齐树斌、邓传信挑起重担，怀揣着编辑部的公章进京办刊。这两位黄金搭档等于是白手起家，租住在六铺炕一间简易的板房内办公兼居住，两台计算机是仅有的家当。他们凭着一股信念和执着，把《石油知识》办得红红火火。在编辑部各位同仁的共同努力下，刊物越办越好。

我与《石油知识》有缘分，与历任办刊各位都是好朋友，至今联系不断。我是《石油知识》的通讯员、特约撰稿人、专栏作者。我的写作文笔得益于为《石油知识》的写稿锻炼，特别是专栏写作的锻炼。一篇三四千字的文章，如何构思，如何写好，基本上能得心应手。我的第一本专著《漫谈科学与艺术》就是发表在《石油知识》“科学·艺术·哲学”专栏文章的汇集。

（此文发表于 2019 年 4 月 12 日）

老邓家的毛驴

邓传信先生是从部队转业到辽河油田，在《石油知识》编辑部工作，是我的好朋友。1964年后他有一段时间去了辽河油田农场，过起了田园生活。他承包了一片田，需要个牲口，于是从农民那里买回一头毛驴。

老邓家的农活根本比不上农民劳累，所以这毛驴一下子轻松了许多，有时一整天无活计。谁知这毛驴劳务少了，想法却多了起来，脾气也大了起来，竟然想撂挑子。待到用它拉车的时候，死活不上套，又是嚎叫又尥蹶子，一百个不愿意。倔驴的脾气上来，谁也扭不过它。又挨过数日，它的情绪仍不见好转，反而愈加烦躁，与主人的矛盾越来越大。气得老邓无可奈何，只得把它又卖给了别的农户。

又过了些日子，老邓见到买驴的农民带驴去耕作，便近前问了问情况。农民回答说："它每天下地干活，没有问题呀！"

（此文发表于2018年11月30日）

向下放风筝

1995 年我在中国石油新技术推广中心工作。一天，华北油田的一台由汽油车改装成烧天然气的汽车开到北京，让大家参观这项新技术。他们把充满天然气的气瓶安置在车的底盘上，在瓶口通过一个负压装置，把高压的天然气减压后输送到汽车的发动机。这确实是保证天然气汽车安全很关键的一项技术环节。因为被压缩的天然气在气瓶中的压力远大于汽油在油箱的压力。如果直接释放出瓶中的高压气体，汽车中的管线将承受不起。

就在那天夜里忽得一梦，梦中站在阳台上放风筝。但是那风筝不是飘向天空，而是向楼下飘。为什么会有此梦？我自己也很惊奇。因为在参观天然气汽车时，脑中并未产生这个想法。不料这个负压装置竟然演绎成一个向下放风筝的场景。

由此场景我感悟到，地球在某些地方也会出现一些负压。至今我们对地球上的一些怪异现象无从解释，例如太平洋上的百慕大三角，这里发生过多起怪异事件，成为世界之谜。我猜想，正如人体存在某些特异功能一样，地体也应存在特异功能，即地体异常现象。

（此文发表于 2019 年 5 月 10 日）

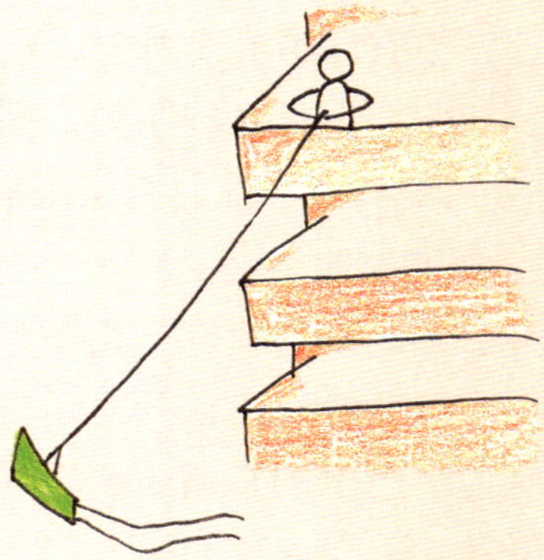

第二次住院

1996年，我突然感到右耳后的发际边缘有点痒，于是用指搓了一阵，过两天后发现那个地方竟肿成了一个小疙瘩。医生也说不清楚是何物，于是去了北京肿瘤医院。那天恰好徐光炜院长有门诊，我挂了他的专家号。他看后说是淋巴结，无妨事，不要管它。我听了非常高兴，给他鞠了一躬，多少天的担心害怕全消失了。临了他说了一句："这病怎么找我？"

这皆因为徐是胃外科专家，但是我找他看病都不是因为胃。上次是嗓子问题，我总感觉有个鱼刺扎在喉咙上，咽口水都疼，而内窥镜、拍片都没有看到异物。他看了检查报告后告诉我并无大问题，不要紧。所以这次又找他来看，因为我很信服他。他虽是胃病专家，显然对其他部位的疾病都清楚明了，非常难能可贵。现代医学虽然分科很细，但医生的知识应当很广，正所谓"博大精深"。作为一位医生，对患者的整体把握是非常必要的。

又过了一年，我觉得这淋巴结似乎大了一点儿，而这地方离耳朵很近，怕它压迫到耳神经，所以住进了长庆职工医院，由贺红旗院长和胡发明主任共同主刀。因为是局部麻醉，手术中我听到他们说："挖干净了。"他们两位医术高超，手术很成功。病理切片化验，结果正是淋巴结。

淋巴结的起因我自己很清楚。人的身体有些部位很脆弱，不能反复地摩擦刺激，所以我对于按摩、刮痧一类的疗法避而远之。后来又听说淋巴上的东西不要轻易动，弄不好可能出大事，幸好我平安无事。

看病致病

2006年我受邀参与《中国油气田开发志》的编纂工作。崔耀南是编委，也是油田开发的专家，人很豪爽，但身体不好。他心脏病很严重，每天靠吃药稳定病情，不管这顿饭吃没吃完，到12点钟必须把药服下。

他说，这病源于一次体检。那次医生照例询问平常有什么感觉不适的地方，又说本院新进了一台CT仪，是其他医院少有的新设备。老崔说有时感觉心慌，于是进了CT室检查。大夫让他平躺在床上，在腹部和腿部扎了两条皮带，医生嘱咐他不要乱动后，就转身到隔

《中国油气田开发志》附录篇编写组（右起）：黄桂琴、孙平、崔耀南、张伯荣

壁的操控室，检查室内只留下床上的老崔。不一会儿，床开始向洞里移动。老崔不知道检查是这种阵势，心生恐惧，想下床但动弹不得，尽管他不断地呼叫“医生啊，护士啊”，腿蹬脚踹，仍不能挣脱。自此惊怵之后，就落下了心脏病。

待到《中国油气田开发志》编写完成后，2011 年春节我打电话问候他，他轻松地说：“任务完成了，我的心脏病也好了，现在很正常了。”

（此文发表于 2017 年 12 月 20 日）

火车上的谈论

作者 2017 年摄于西安

2017 年冬，我乘刚开通的西成高铁从成都回西安。在车上与邻座的养老院人员谈论起养老事情。我认为养老需要解决的问题：一是住，二是吃，三是护理。如果这三个条件都能满足，则无后顾之忧。至于护理费、吃住标准则是入住的关心问题。谈论得很热烈，参加讨论的有六七个人。

不一会儿，乘务员过来说："车尾有个人找您。"我问是什么人，她没有明说，只说："您过去就知道了。"同行的人也感到诧异，乘务员又说不清，于是我在大家的视线范围之内到了车尾。一个男同志问我："跟您说话的人，您认识吗？"我倒是明白了他问话的用意。因为我们在谈论中提到了钱，而且是一笔数目不少的钱。显然他是怀疑那些人在忽悠老年人，或者怀疑是一伙搞传销的人。找我谈话者虽然穿着便服，但我知道他是乘警。我说这些人认识，并且我只是了解一下养老院的费用。

事后想想，在大庭广众之下谈论钱的事儿确实不妥，铁路乘务人员还是警惕性很高的，很尽职尽责，应当谢谢他们！

（此文发表于 2019 年 4 月 19 日）

李敬先生题书名

原石油工业部副部长李敬先生是建国初期由石油师转业到石油战线的军队干部，在石油工业发展中做出了突出的成绩。20 世纪 60 年代他参与领导了大庆石油会战。70 年代长庆石油会战时他是会战指挥部副指挥，并负责领导宁夏地区红井子石油会战。红井子会战指挥部设在宁夏盐池县大水坑，那时我也在大水坑长庆会战三分部研究所，但那时我们并不相识。后来李敬任石油部副部长，退休后居住在机关干部楼。我 1992 年借调到北京，所以又相处于一地。

我与李敬先生相识还是由于书法。李敬退休后是石油书法家协会名誉会长，他喜爱书法，每日都兴致勃勃地习字，唐楷写得很有水平，笔画精致，结构严谨，对于一位今已 90 岁高龄的老人来说，确实难能可贵。

李敬先生为人非常谦虚，待人非常热情。我每次拜访他时，他都非常高兴，都是站在电梯口迎送。给我倒茶、递水果，关心备至。但他不轻易出去参加活动，他说："耳朵聋，坐在台上，主持人介绍到我时，我呆坐在那里全然不动。等到念别人名字时，我又站了起来，净闹笑话。"

我每出一部新书都要给他送去，请他指正，而且他也是认真地在看。他说我写得很准确，说我读的古今人论著很全面，说明他是认真地看过了我的书。有一次北京书协为我举办专著研讨会，他欣然命笔为此题词，称赞我的书法研究，都是很中肯的话。

还有一次我给他去送书，他问我："你对你的哪本书最满意？"我说都不满意，他说你过谦了。就在那一年的春节，他特意书写了

李敬题写书名

我的一首诗《龙年春节》，一首七律写在一整张四尺宣上。显然，他对我的这首诗最满意。

李敬先生曾身居高位，但对人很友善，我的专著中有两本书《中国书法笔力详解》和《艺石诗文集》是请他给题的书名。他一生勤俭谦让，是一位值得尊敬的人。

两位专家学者——蒋其垲、杨俊杰

蒋其垲先生和杨俊杰先生是与我交谊甚厚的两位专家，都是我的长者，蒋先生长我六岁，杨先生长我三岁。

蒋其垲先生解放前即参加革命，是一位离休干部。他又是一位专家，毕业于南京矿专，是解放初期培养出的地质专业人才。后来参加大庆石油会战，担任采油厂领导。其后进京担任石油勘探开发研究院院长、石油学会第一任秘书长、石油工业部科技司司长。离休后他参与组织编写《中国油气田开发志》，这期间我随他一起编书数载。

蒋先生远见卓识。2020年进入九十大秩，仍然耳聪目慧，每年体检各项指标均正常。每天早晨从六铺炕到景山公园晨练，两度被评选为石油系统“健康老人”。他心态平和，身心俱健。有人向他请教长寿秘诀，他笑着说：“我有一副好下水。”

蒋先生勤于动脑动手。在二十年前我们尚不知互联网为何物时，他已经涉足互联网，享受着互联网带来的乐趣，并向大家普及互联网知识。他和夫人都喜欢我写的瘦金体，那几年我在京时，他每有著述问世，都要我用瘦金体题写书名。

杨俊杰先生毕业于西北大学地质系，先后在延长油矿和长庆油田工作，对鄂尔多斯盆地的石油地质了如指掌。他曾任长庆石油勘探局副局长兼总地质师，在其任职期内，发现了靖边大气田，开发了马岭、安塞等油田，使长庆油田进入了全国大油气田行列。他是李四光地质科学奖获得者，著作丰厚。

1980年我调入长庆油田勘探开发研究院，他是石油局的领导，此后一段时间我们接触较多，关系很好，我们联名发表了好多篇地质论文，并且编译了《冲断推覆构造》等书。

杨俊杰先生能诗善书。他自幼练下了书法的基本功，幼年时曾踩着小板凳在桌上写春联。他颇有文字功力，退休后热衷于中华文化的宣播，写了几本《中华揽胜》的系列书，内容涵盖山川、河湖、珍石、名胜等，美不胜收。

蒋、杨二位的共同特点是事业有成，学问深厚，兴趣广泛，至今仍笔耕不辍，令人敬佩。蒋居北京，杨居西安。我每当与蒋或与杨相遇时，二位都盛赞对方，竟有惺惺相惜的感觉。有趣的是，他们两位之间的赠书或致意的信函，都是在我这里中转。

在荣华·清荷园的养老生活

近来，看到我家大姐在荣华·清荷园拍摄的几张景物照片，很美。虽然都是平时见到的场景，但以前并未引起注意。每天在园区内散步，对眼前的景色已经习以为常了。见到她的照片后，对园区忽然有了新的感觉。这种情况正如古书中所说："如入芝兰之室，久而不闻其香。"

联想到我入住清荷园四年来的历程，竟然也有如观景一样的感觉。虽然是每天按部就班地生活，但驻足回望四年来的经历，竟有许多的人和事值得回忆，值得铭记。

一、一个很好的地方

荣华·清荷园地处西安鄠邑区西郊，依山傍水，风景秀丽，空气新鲜。清荷园位于涝河东岸，涝河是"长安八水"之一，河水从南部的终南山向北顺势而下，到清荷园向西注入渼陂湖。渼陂湖在秦汉时代是皇家林苑，久负盛名。

清荷园在涝河之东，正好面对西面的渼陂湖。渼陂湖现在正恢复秦汉时期的盛景，在逐步扩建开发中。现在对游人开放的只是一隅，将来会成为西安的又一个旅游胜地。

清荷园是配套齐全的养老院，院内草木芬芳、清爽幽静。一户之内有室有厅，老人在这里有独立的生活空间，是颐养的理想之所。养老院近旁就是康复医院，看病也非常方便。我之前也寻访过不少

荣华·清荷园，范渊博摄影

的养老院，都没有清荷园这么好的条件。自从看到这地方之后，就决定在这里养老了。园中很多老人也是经过多方挑选之后住进来的。我从 2018 年秋到现在，已经在这里住了整整四年。

这里远离了大城市的喧哗，适合老年人居住，更适合我，我喜欢安静。只有静下心来，读书习字才能够心旷神怡。四年的光景居然在著书习字上都有收获。

一是在习字上提高了一大步。我从 2001 年开始习字，一直练瘦金体。虽然有时也能写出自己满意的字，但总感觉不过关，所以这一练就是二十年。2020 年开始尝试学黄庭坚大字，一年多来竟有所得，似乎悟到了黄庭坚笔法。于是在侧锋用笔的基础上学习黄庭坚，基本上形成了自己的大字面貌。于今年五一劳动节写了两个条幅发到微信朋友圈，大家的反映还不错。我想自己的字可能也就是这个样子了，再高也上不去了，就此定型。作为一个习字人能走到这一步也应该满足了。

二是在著述上有了新成果，在养老院四年间完成了三本书的写作。其中《中国书法技法读本》已于 2019 年出版，随即北京书法家协会举办了“张伯荣书法专著研讨会”。另外两本书也将在今年出版。四年时间写出三本书，也是自己预先没有料到的。而且后两本书的写作又是在新冠疫情防护期间和养老院封控期间完成的。这些进展应当说也是得益于清荷园提供的安稳条件和医养保障。

二、一位很好的带头人

做好一个事业必定有一个好的带头人。荣华集团的崔荣华董事长就是一位非常优秀的带头人。作为一位企业家，能把注意力放在为国为民的养老事业上，难能可贵。

当下广大老年人的养老需求与养老机构的不完善形成了巨大反差。荣华集团选定开发养老事业，这需要很大的魄力和社会担当。清荷园的创建确实见证了荣华董事长的决心与毅力。他们从高起点上起步，打造全国一流的养老院，而且说到做到。住在这里的老人们都感到很舒心，这里有西安交通大学的退休教师，有西京医院的退休医护人员，有电力设计院的退休职工。电力设计院的原先生一家四位老人都住在这里（原先生和老伴、姐姐、妹妹），一家人其乐融融，在园中传为佳话。

荣华董事长是心有大爱的企业家，她又是全国人大代表。每次人大开会，她都积极地进言献策，呼吁改善老年人的养老条件，每年都提交养老政策改进的建议。她时时处处为老年人着想，真可谓呕心沥血，不遗余力。荣华集团一直致力于提升清荷园的软硬件条件，

荣华·清荷园，范渊博摄影

今年由于疫情的关系，食堂菜价有所上涨。崔总聆听老人们的反映后，当场决定把菜价降下来，老人们只需付三分之二的餐费，剩下的三分之一由荣华集团负担。如此关爱老人的养老院恐怕再难找到第二家。

崔总对入住的老人们极为用心、极为真诚。每逢过年过节都要慰问这里的老人，亲自到养老院看望大家。她把这里的老人称为“荣爸”“荣妈”，握着他们的手嘘寒问暖。她每次到来都给老人们带来温暖，使老人们如沐春风。她以实际行动践行了自己的诺言：“让老人有尊严地生活！”

一个企业家能把很大的精力放在民生事业上，需要有崇高的思想境界、超强的毅力和百折不挠的精神。这样的品格极为难得，极为可贵。

三、一个很好的服务团队

清荷园养老院有一个很好的服务团队，包括三大秘书（生活秘书、健康秘书、快乐秘书）、食堂、安保、保洁等，提供功能齐全的服务体系，这是一个吃苦耐劳、历练有素的团队。在他们细心的照料下，老人们无忧无虑地住在这里安享晚年。对于老人的需求，他们认真地倾听、及时地帮助解决。老人生病，也是他们第一时间陪同就医，所以老人们由衷地称赞：“不是亲人，胜似亲人！”我前段时间胃不好，生活秘书们轮流帮我做饭，这些年轻人在极普普通通的岗位上有着超常的发挥，他们把这个岗位的工作做到了极致。

“老有所学，老有所乐”，养老院组织老人们开展多种形式的文化娱乐活动。有大合唱、葫芦丝演奏、模特队表演、扭秧歌、打台球、学微信、学剪纸，等等。喜欢热闹的老人们在这里都能“快快乐乐每一天”。

陈海静院长带领着这个团队尽职尽责地为老人们服务。她是一位非常敬业的人，不管在园区的哪一个角落，都能见到她忙碌的身影。这是一个和谐、有序、高效的团队。

我一向认为，老年人的养老应当交给社会，不是依赖儿女。居家养老只能靠儿女几个人，养老院养老能依靠众多人。养老应当发挥社会功能，社会功能更强大、更完备。

人到了这个年纪，抵抗力明显下降，身体在正常与不正常之间只一步之遥。稍有不慎就会引起内部动乱，比如得了萎缩性胃炎；还存在和平演变的危险，比如耳朵突然变聋了。每个老人都有一个从能自理到不能自理的过程，愈到老年愈需要别人的援助，儿女不可能天天陪伴左右，把养老交给社会应当更靠谱。

现在，荣华集团在养老布局上又展现了一个大手笔，在海南岛的陵水县开启了海南省最大的养老项目建设——荣华·康馨园。这是一个五星级示范康养项目，是一个花园式康养胜地。我知道后第一个报名参加组团，想去那里的连锁单位看看。

“采菊东篱下，悠然见南山。”住在清荷园，窗外即是终南山。园内景致如画，如诗如画的荣华·清荷园应当是养老的理想之所。

鄠县游祖庵镇

看水渼陂湖，
观菊南山下；
深秋临古镇，
白发赞黄花。

——作于 2018 年 10 月 30 日

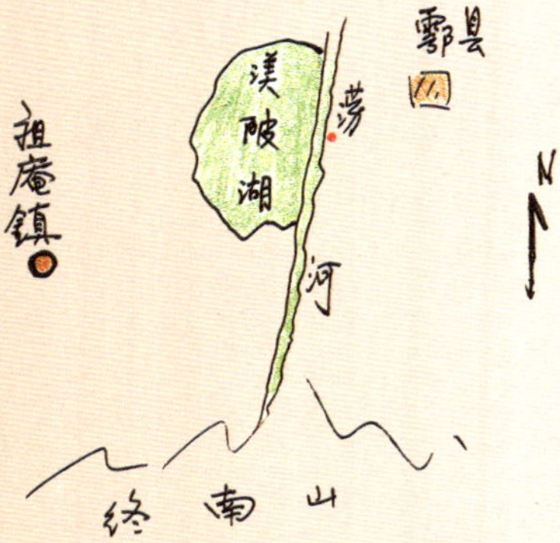

鄠县现在叫西安市鄠邑区，在西安的西南，是高铁线上的一站。渼陂湖在鄠县城西，是一个古名胜地，秦汉时期即有此湖。唐时杜甫、贾岛等人曾有游湖诗句。祖庵镇在鄠县西南，镇中的重阳寺是有名的道观。

到祖庵镇赏菊，秦岭山脉北麓的终南山近在眼前，因此很自然地就联想到了唐诗名句：“采菊东篱下，悠然见南山。”这里适于菊花生长，具有合适的气候和土壤。菊花除了供观赏之外，主要是采来入药，是一味常用的中草药，菊花泡茶也有清热解毒的效果。

（此文发表于 2018 年 12 月 10 日）

漫步渼陂湖

一湖南山净水，
两渡百步三桥；
时在大暑傍晚，
地处户县西郊。

——作于 2019 年 7 月 27 日

2018 年 9 月我入住荣华清荷园，位于涝河滨北路的东面。马路西面是由终南山流过来的涝河，再向西就是渼陂湖。

2019 年 7 月 27 日晚饭后出去散步，恰遇友人，于是绕湖湾一周。谁知该出公园大门时迷失了方向，等于绕了两圈，所以说“两渡百步三桥”，这一趟竟走了八千多步。

渼陂湖是由渼水和涝河注入的湖水。陂是“慢坡”的意思，就是说这个湖有着缓缓的湖岸。名为渼陂，说明这里的景致很美，是长安的风景胜地，秦汉时期这里就是风华之地。秦惠文王设上林苑，渼陂湖是上林苑的一部分。后来汉武帝又扩建了上林苑，渼陂湖扩展到“周围十四里”，成为一个很大的风景区。到了唐代，渼陂湖也是文人墨客游览的胜地，杜甫、岑参等都来过

石雕：刘海戏金蟾

这里。后来因为战乱，这里逐渐风光不再。晚唐诗人韦庄曾来过这里，并留有诗句：

过渼陂怀旧

辛勤曾寄玉峰前，一别云溪二十年。
三径荒凉迷竹树，四邻凋谢变桑田。
渼陂可是当时事，紫阁空余旧日烟，
多少离乱无处问，夕阳吟罢涕潸然。

唐代以后，这里逐渐变得荒芜。元朝时期，“以陂鱼可治痔，游兵决陂取之，陂逐废，其地皆为水田”。到了清代，这里已经是一片庄稼地了。

现如今，为了保护西安的生态环境，正在复原渼陂湖建设，总体设计为68平方公里的湖区。至2019年，已建成9.75平方公里的一期工程萯阳湖景区，也已向公众开放，可以散步与荡舟。诗中提到的“百步三桥”原为渼陂湖八景之一。

除了渼陂湖外，这里还是“刘海戏金蟾”的故事发生地。刘海戏金蟾的故事，我幼时就听大人讲过。但对于这个故事的叙述，还应当以下面的版本为准。

刘海戏金蟾

源于刘海和胡秀英的一段爱情故事。金蟾是一只三足青蛙。胡秀英（狐狸修炼成精）与刘海成亲后，欲济刘海成仙，口吐一粒白珠，让刘海做钓饵，垂钓于丝瓜井中。井里的金蟾咬钩而起，刘海乘势跃上蟾背，登天而去。民间视刘海为福神、财神，有“刘海戏金蟾，步步钓金钱”之说。

庚子事纪

新冠肆虐已半年，丁点疏忽竟燎原。
三峡大坝库中水，犹似虎狼圈内栏。
头上悬湖生惊恐，眼前文章惹人烦，
一旦撕开微裂隙，没有女娲再补天。
——作于 2020 年 7 月 15 日

今年发生的两件大事：一个是年初暴发的新冠病毒，另一个是当前的洪水。两者都来势凶猛，危机重重。专家说，三峡大坝内的储水量等于黄河一年的总流量，潜在的危险依然存在，利害交关，不能等闲视之。专家们又说，洪泽湖高出两岸平地 9 米，一旦出事，会如瀑布一样倾泻下来。面对如此险峻的形势，我们的工作再不能出一点点的纰漏，不能有万一的闪失了。

（此文发表于 2020 年 7 月 16 日）

八五述怀

勘探常伴雨雪风，
创业艰难奔西东。
跨过人生两道坎，
笔墨不负夕阳红。
——作于 2021 年 2 月 12 日，牛年初一

我在 60 岁退休之前是从事地震勘探和石油地质情报编译兼构造地质研究，退休以后主要是著书与习字。

1955 年，我从北京石油学校毕业后，在大西北工作生活三十多年。1992 年进京工作，开启了北京、西安二十多年的两地生活。直到 2017 年迁回西安，才结束了这候鸟式生活。

常言说，人生两道坎。我 73 岁时根本没有顾忌，那年写出了《中国书法笔力分析》，即第一本书法专著。但到 84 岁时就有了一些担心，一年做了两次心电图，24 小时监测，还做了两次胃镜检查，但还是跨过了这道坎。即使身体堪忧，仍然每天多少做一些功课，或著文或习字，总能有所收获。不要荒废每一天，直到写不动为止。所以一个人既不要盲目乐观，也不要妄自菲薄。一首小诗，与大家共勉。

（此文发表于 2021 年 2 月 18 日）

女足之殇

赛前给你玩深沉，
临阵换将又犯浑。
为帅无能且无畏，
江山高调送与人。

——作于 2021 年 7 月 27 日

这次东京奥运会女子足球小组赛于 7 月 27 日结束。中国女足在小组赛中三场进 6 球，失 17 球，积 1 分，无缘进入八强的决赛，提前出局。网络上一片声讨："把女足带成这样，下课吧！"

女足获得奥运会入场券后，已经有球迷呼吁足协换帅，由能人率队征战奥运赛场。但我觉得这个美好的愿望不大可能实现，因为"谁打下的江山谁来做"，这是最简单的道理，古来如此。

但是在现实中，他自己却违背了这个道理。在出征奥运会的大名单中，换掉了打下江山的四名主力队员。临阵换将，这可是兵家大忌，果不其然，在小组赛中尝到了苦果。

换掉四名主力队员的理由，是借奥运会锻炼新人，谓之曰"练兵"。此言一出，舆论哗然。拿这么关键的生死战来练兵，荒唐至极。他把中国女足止步在了比赛的第一阶段，小组未能出线。

中国女足能踢进奥运会，真的还是靠了一点运气，但最终还是由于不能运筹帷幄，断送了中国女足的大好前程，连同他那赛前的雄心壮志一概落空。他赛前说"参赛队伍都是为奖牌去的"，这颇具深沉的豪言壮语当时确实鼓舞了国人，犹如黑夜中的一道亮光，使人们看到了中国足球的希望，而输球后又说“责任全在我一人，不是队员的责任”。我们的许多问题往往就掩盖于这些空话之中。

（此文发表于 2021 年 7 月 28 日）